BIOGRAFIAS — MEMÓRIAS — DIÁRIOS — CONFISSÕES
ROMANCE — CONTO — NOVELA — FOLCLORE
POESIA — HISTÓRIA

1. MINHA FORMAÇÃO — Joaquim Nabuco
2. WERTHER (Romance) — Goethe
3. O INGÊNUO — Voltaire
4. A PRINCESA DE BABILÔNIA — Voltaire
5. PAIS E FILHOS — Ivan Turgueniev
6. A VOZ DOS SINOS — Charles Dickens
7. ZADIG OU O DESTINO (História Oriental) — Voltaire
8. CÂNDIDO OU O OTIMISMO — Voltaire
9. OS FRUTOS DA TERRA — Knut Hamsun
10. FOME — Knut Hamsun
11. PAN — Knut Hamsun
12. UM VAGABUNDO TOCA EM SURDINA — Knut Hamsun
13. VITÓRIA — Knut Hamsun
14. A RAINHA DE SABÁ — Knut Hamsun

A PRINCESA DE BABILÔNIA

Vol. 4

Capa
Cláudio Martins

Tradução
Miroel Silveira

EDITORA ITATIAIA
BELO HORIZONTE
Rua São Geraldo, 53 — Floresta — Cep. 30150-070
Tel.: 3212-4600 — Fax: 3224-5151
e-mail: vilaricaeditora@uol.com.br
Home page: www.villarica.com.br

Voltaire

A PRINCESA DE BABILÔNIA

EDITORA ITATIAIA
Belo Horizonte

2004

Direitos de Propriedade Literária adquiridos pela
EDITORA ITATIAIA
Belo Horizonte

Impresso no Brasil
Printed in Brazil

ÍNDICE

Capítulo I	9
Capítulo II	20
Capítulo III	23
Capítulo IV	30
Capítulo V	46
Capítulo VI	52
Capítulo VII	56
Capítulo VIII	58
Capítulo IX	65
Capítulo X	71
Capítulo XI	79

CAPÍTULO I

O velho Belus, rei de Babilônia, julgava-se o primeiro homem deste mundo, porque era o que lhe diziam todos os cortesãos e o que lhe provavam os historiógrafos da corte. O que poderia desculpar esse ridículo era o fato de, trinta mil anos antes, haverem os seus predecessores construído Babilônia, que ele embelezara mais ainda. Sabe-se que seu palácio e seu parque, situados a algumas parasangas de Babilônia, se estendiam entre o Eufrates e o Tigre, que banhavam essa região encantada. O edifício, medindo três mil pés de fachada, elevava-se até as nuvens. O terraço era circundado por uma balaustrada de mármore branco de cinqüenta pés de altura, que sustentava as estátuas colossais de todos os reis e grandes homens do império. Esse terraço formado por duas camadas de tijolo cobertas por espessa superfície de chumbo de uma a outra extremidade, continha doze pés de terra, onde haviam cultivado oliveiras, limoeiros, laranjeiras, coqueiros, palmeiras, craveiros da Índia e caneleiros, em alamedas impenetráveis aos raios do sol.

As águas do Eufrates, trazidas por meio de bombas dentro de cem colunas ocas, enchiam, nesses jardins, vastos tanques de mármore e, caindo novamente por outros condutos, iam formar no parque cascatas de seis mil pés de altura, e cem mim repuxos que subiam a perder de vista, voltando depois para o Eufrates, de onde tinham saído.

Os jardins de Semíramis, que assombraram a Ásia alguns séculos mais tarde, não passavam de reles imitação dessas antigas maravilhas, porque então já tudo começava a degenerar entre os homens.

Mas o que mais admirável havia em Babilônia, o que eclipsava todo o resto, era a única filha do rei, Formosante. Foi copiando seus retratos e estátuas que, com o correr dos séculos, Praxíteles esculpiu Afrodite, e a estátua que intitularam "Vênus das belas nádegas". Mas que diferença, oh! Céus, entre as imitações e o original!

Também, Belus ufanava-se mais da filha que do reino. Formosante tinha dezoito anos e era preciso encontrar um esposo digna dela. Mas onde? Um antigo oráculo ordenava que ela só poderia pertencer àquele que retesasse o arco de Nembrod. Este Nembrod, *um grande caçador perante o Eterno*, deixara um arco com sete pés babilônicos de altura, de ébano mais duro que o ferro do monte Cáucaso, trabalhado nas forjas de Derbent: nenhum mortal, depois dele, pudera esticá-lo.

A predição mandava ainda que o braço que vergasse o arco, deveria matar o mais feroz e terrível leão lançado ao circo de Babilônia. E não era só: o entesador do arco, o vencedor do leão, tinha que derrubar todos os rivais e, principalmente, ser o mais culto, virtuoso e magnificente de todos os homens, e possuir a mais rara coisa que existisse no mundo inteiro.

Apresentaram-se três reis, ousando disputar Formosante: o faraó do Egito, o xá das Índias e o grande cã da Cítia.

Belus marcou o dia e o local do combate, que se realizaria na extremidade do parque, no vasto espaço cingido pelas águas do Tigre e do Eufrates reunidas. Construíram em torno da liça um anfiteatro de mármore onde caberiam quinhentos mil espectadores. Em frente ao anfiteatro situaram o trono do rei, que deveria aparecer com Formosante e toda a corte, e à direita e à esquerda, entre o trono e o anfiteatro, outros coxins e tronos para os três reis e para todos os soberanos que tivessem curiosidade de assistir a essa augusta cerimônia.

O rei do Egito foi quem chegou primeiro, montado no boi Ápis, e levando na mão o sistro de Ísis. Atrás dele vinham dois mil sacerdotes cobertos por túnicas de linho mais brancas que a neve, dois mil eunucos, dois mil mágicos e dois mil guerreiros.

Logo depois apareceu o rei das Índias, num carro puxado por doze elefantes. Seu séqüito era ainda mais numeroso e brilhante que o do rei do Egito.

Por último surgiu o rei dos citas. Trazia junto a si apenas alguns guerreiros escolhidos, armados de arcos e flechas. Montava um tigre soberbo que ele mesmo domesticara, tão alto quanto os mais perfeitos cavalos persas. A compleição deste monarca, imponente e majestosa, era mais sólida que a dos rivais: seus braços nus, brancos e nervosos, pareciam já estar retesando o arco de Nembrod.

Os três príncipes prosternaram-se diante de Belus e de Formosante.

O faraó ofereceu à princesa os dois maiores crocodilos do Nilo, dois hipopótamos, duas zebras, duas ratazanas do Egito e duas múmias, com os livros do grande Hermes, que considerava a mais rara coisa da terra.

O xá das Índias ofertou-lhe cem elefantes, cada qual levando um palanque de madeira dourada, e pôs-lhe aos pés o "Veidam" escrito pelas próprias mãos de Xaca.

O cã dos citas, que não sabia ler nem escrever, apresentou cem cavalos de batalha, cobertos por peles de raposa preta.

A princesa baixava os olhos diante dos pretendentes, inclinando-se com maneiras nobres e recatadas.

Belus mandou conduzir os monarcas aos tronos que lhes haviam preparado:

— Ah! que pena não ter três filhas! Poderia fazer hoje a felicidade de seis pessoas.

Em seguida ordenou que se tirasse a sorte para ver quem experimentaria primeiro o arco de Nembrod. Puseram num capacete de ouro os nomes dos três soberanos: o do rei do Egito apareceu logo; depois, o do rei das Índias; o rei Cita, olhando para o arco e para os rivais, não se queixou por ser o terceiro.

Enquanto se esperavam as brilhantes provas, vinte mil pajens e vinte mil donzelas distribuíam, sem confusão, refrescos aos espectadores. Todo o mundo concordava em que os deuses só haviam criado os reis para dar festas diárias, desde que fossem sempre variadas; que a vida é muito curta para se agir de outra maneira; que os processos, as intrigas, a guerra, as controvérsias entre os padres, que consomem a vida humana, são coisas horríveis e absurdas; que o homem nasceu para a alegria; que não gostaria tão violenta e constantemente dos prazeres, se não fosse feito para eles; que a essência da natureza humana tende para o divertimento, e que o resto é tolice. Esta excelente moral até agora foi desmentida apenas pelos fatos.

Iam dar início às provas em que se decidiria o destino de Formosante, quando um jovem desconhecido, montado num unicórnio e acompanhado pelo seu escudeiro, que cavalgava outro unicórnio, trazendo no pulso um grande pássaro, se apresentou à entrada do circo. Os guardas ficaram surpresos ao ver em tal indumentária um ser que parecia divino: tinha, como se comentou depois, o rosto de Adônis no corpo de Hércules: era a majestade aliada à beleza. Suas sobrancelhas escuras e seus longos cabelos louros, contraste desconhecido em Babilônia, encantaram a assembléia: o anfiteatro em peso levantou-se para vê-lo melhor. Não houve dama da corte que não o fitasse com olhos admirados, e até Formosante, que baixara a vista, a levantou e enrubesceu-se toda. Os três reis empalideceram, e os espectadores, comparando Formosante ao desconhecido, murmuravam:

— No mundo, só este rapaz é tão bonito quanto a princesa.

Os porteiros, espantados, perguntaram-lhe se era rei. O estrangeiro retrucou que não tinha essa honra, mas que viera de muito longe, por curiosidade, para ver se havia algum rei digno de Formosante. Conduziram-no para a primeira fila do anfiteatro, bem como ao criado, aos dois unicórnios e ao pássaro. Saudou profundamente Belus, a princesa, os três reis, e toda a assembléia. Depois, corando, sentou-se. Os dois unicórnios deitaram-se a seus pés, o pássaro acomodou-se no seu ombro, e o servo, que trazia um saquinho, aboletou-se-lhe ao lado.

Começaram as provas. O arco de Nembrod foi tirado do seu estojo de ouro. O mestre de cerimônias, seguido por cinqüenta pajens e precedido por vinte trombetas, apresentou-se ao rei do Egito, que o mandou benzer pelos sacerdotes e que, tendo-o encostado à cabeça do boi Ápis, ficou certo de obter essa primeira vitória. Depois desceu para o meio da arena, e tentou, esgotando as forças em contorsões que provocaram risos no anfiteatro e fizeram a própria Formosante sorrir.

Seu capelão aproximou-se e disse-lhe:

— Vossa Majestade deve renunciar a esta honra vã, que depende apenas dos músculos e dos nervos, pois tri-

13

unfará no resto; vencerá o leão, por que tem o sabre de Osíris; a princesa de Babilônia pertencerá ao soberano mais sábio, e Vossa Majestade, já tem adivinhado enigmas; desposará o mais virtuoso, e ninguém o é mais que Vossa Majestade, porque foi educado pelos sacerdotes egípcios; o mais generoso irá conquistá-la, e foi Vossa Majestade quem deu os dos mais belos crocodilos e os dois mais lindos ratos que existem no Delta; o boi Ápis e os livros de Hermes são seus, e nada mais raro no universo: ninguém lhe poderá disputar Formosante.

— É verdade, tens razão.

E voltou novamente para o seu trono.

Puseram o arco entre as mãos do rei das Índias, que só conseguiu obter ferimentos para quinze dias. Consolou-se pensando que o rei da Cítia não seria mais feliz.

O cita, por sua vez, manejou o arco. Era forte e destro, o arco pareceu ter tomado certa elasticidade nas suas mãos: vergou-o ligeiramente, mas não conseguiu esticá-lo.

O antifeatro, a quem a bela fisionomia desse príncipe inspirara inclinações favoráveis, amofinou-se com o seu fracasso, e pensou que a formosa princesa não se casaria nunca. Então o jovem desconhecido desceu de um salto à arena, e dirigiu-se ao rei dos Citas:

— Vossa Majestade não se espante por não o ter esticado completamente: estes arcos de ébano são feitos no meu país, e há um jeito especial para lidar com eles. Vossa Majestade tem mais mérito fazendo-o dobrar do que eu em retesá-lo.

E pegou uma flecha, colocou-a na corda, retesou o arco de Nembrod, fazendo-a voar bem para lá do recinto. Um milhão de mãos aplaudiu o prodígio. Babilônia reboou de aclamações, e todas as damas suspiraram.

— Ai! é realmente uma felicidade que tão lindo rapaz tenha tanta força!

Tirou em seguida do bolso uma lâmina de marfim, onde escreveu com um estilete de ouro, amarrou-o ao arco e levou-o à princesa, com tal graça que encantou a todos os assistentes. Voltou depois a seu lugar, entre o criado e o pássaro, e sentou-se modestamente.

Babilônia inteira estava surpresa, os três reis sentiam-se humilhados, e o desconhecido parecia não ter notado nada disso. Formosante ainda ficou mais admirada ao ler na lâminazinha de marfim presa ao arco, estes versos, na límpida língua da Caldéia:

O arco de Nembrod é o arco da guerra
O arco do Amor é o da Felicidade:
Vós o trazeis. E por vós, em verdade,
Este deus é o senhor de toda a terra.

Rivais e grandes por igual, três reis
Querem a glória de vos conquistar:
Eu não sei qual, enfim, preferireis
Mas o universo inteiro o há de invejar.

Este pequeno madrigal não deixou zangada a princesa, mas foi criticado por alguns senhores da velha corte, que disseram que antigamente, no bom tempo de outrora, teriam comparado Belus ao Sol, Formosante à lua, seu pescoço a uma torre e seu colo uma alqueire de trigo; acrescentaram que o estrangeiro não tinha imaginação, e que se afastara das regras da verdadeira poesia: mas todas as damas acharam os versos gentis, maravilhando-se de ver tanto espírito num homem que sabia retesar o arco na perfeição. A dama de honor de Formosante lhe disse:

— Princesa, quantos talentos perdidos! De que servirão a esse rapaz o seu espírito e o arco retesado?

— Para ser admirado por todos.

A dama de honor murmurou entre os dentes:
— Mais um madrigal, e a princesa ficará apaixonada.

Enquanto isso Belus, depois de consultar os magos, declarou que, não tendo nenhum dos três reis podido esticar o arco de Nembrod, nem por isso ia deixar de casar a filha, que pertenceria ao que conseguisse abater o enorme leão.

O rei do Egito, que fora educado com toda a sabedoria do seu país, achou que seria extremamente ridículo expor às feras um rei que desejava casar-se. Reconhecia que a posse de Formosante era de alto valor, mas, se o leão o estrangulasse, como poderia desposar a linda babilônica?

O rei das Índias compartilhou a opinião do egípcio: ambos concluíram que o rei de Babilônia os estava desfrutando. Resolveram mandar vir exércitos para castigá-lo, pois tinham incontáveis súditos que se considerariam muito honrados por poderem morrer a serviço dos soberanos, e estes não perderiam um fio de cabelo das suas sagradas cabeças. Facilmente destronariam o rei de Babilônia, e em seguida disputariam Formosante pela sorte.

Tendo feito este acordo, os dois reis enviaram expressos, cada qual para o seu país, ordenando que se reunisse um exército de trezentos mil homens para apoderar-se de Formosante.

O rei dos citas desceu sozinho à arena, armado de cimitarra. Não estava muito inclinado por Formosante, mas a glória, sua única paixão, é que o trouxera a Babilônia. Queria demonstrar que se os reis do Egito e das Índias haviam sido bastante prudentes para não se exporem a leões, ele era suficientemente corajoso para não desdenhar esse combate: salvaria, assim, o bom nome das cabeças coroadas. Suas intrepidez não lhe permitiu que se servisse nem mesmo do seu tigre. Avançou sozinho, armado ligeiramente, protegido por elmo de aço guarnecido de ouro, encimado por três rabos de cavalos, brancos como a neve.

Soltaram contra ele o maior leão que já se criou nas montanhas do AntiLíbano. Suas garras terríveis pareciam poder despedaçar três reis de uma vez, e sua vasta boca devorá-los. Seus medonhos rugidos faziam estremecer o anfiteatro.

Os dois campeões precipitaram-se um contra outro em rápida corrida. O valoroso cita enfiou a espada na goela do leão, mas como a ponta encontrasse um desses dentes sólidos, que nada pode atravessar, quebrou-se em estilhas, e o monstro das florestas, enraivecido com o ferimento cravou as unhas sangrentas nos flancos do monarca.

O jovem desconhecido, penalizado com o perigo que corria tão bravo príncipe, pulou à arena mais rápido que o raio, cortou a cabeça do leão com destreza igual àquela com que hoje se vêem, nos cavalinhos de pau, crianças tirar anéis ou arrancar cabeças de bonecos. Depois, mostrando uma caixinha, apresentou-a ao rei Cita com estas palavras:

— Vossa Majestade encontrará nesta caixinha o verdadeiro ditamo, que cresce no meu país. Seus gloriosos ferimentos sararão instantaneamente. Só o acaso não permitiu que vencesse o leão, o que em nada diminui o admirável valor de Vossa Majestade.

O rei Cita, mais sensível à gratidão que ao ciúme, agradeceu ao salvador, e, depois de tê-lo beijado comovidamente, voltou ao alojamento para aplicar o poejo.

O desconhecido entregou a cabeça do leão ao escudeiro, que, depois de lhe ter feito escorrer todo o sangue e de a ter lavado debaixo de uma bica no anfiteatro, tirou do saco um ferro, arrancou os dentes do leão e colocou em seu lugar quarenta diamantes de igual tamanho.

Seu amo, com a modéstia habitual, retomou o assento e deu a cabeça do animal ao pássaro, dizendo-lhe:

— Belo pássaro, leva ao pés de Formosante esta insignificante homenagem.

O pássaro partiu, segurando com as patas o terrível troféu; apresentou-o à princesa abaixando humildemente o pescoço, e inclinando-se diante dela. Os quarenta brilhantes deslumbraram todos os olhares. Essa soberba magnificência ainda era desconhecida em Babilônia: a esmeralda, o topázio, a safira e o piropo eram considerados os mais preciosos ornamentos. Belus e toda a corte estavam pasmados. O pássaro que oferecia o presente pasmou-os mais ainda: tinha o tamanho de uma águia, mas os olhos eram tão doces e meigos quanto os da águia são duros e ameaçadores; o bico era rosado, um tanto parecido com a boca de Formosante; no pescoço trazia reunidas todas as cores do arco-íris, somente mais vivas e brilhantes; o ouro em mil matizes luzia-lhe na plumagem; os pés eram um misto de púrpura e de prata, e a cauda mais bela que a dos célebres pássaros que, mais tarde, puxaram o carro de Juno.

A atenção, a curiosidade, o êxtase de toda a corte dividiam-se entre os quarenta diamantes e o pássaro, que se empoleirara na balaustrada, entre Belus e Formosante. A princesa alisava-o, acariciava-o, dando-lhe beijos, e o pássaro parecia receber os afagos com respeitosa satisfação. Quando ela o beijava, retribuía-lhe o agrado, fitando-a em seguida com os olhos enternecidos. Recebia os biscoitos e pistaches que lhe dava, com a pata purpúrea e prateada, levando-os ao bico em graciosos meneios.

Belus, contemplando atentamente os diamantes, calculou que uma de suas províncias, inteira, mal daria para pagar tão rico presente. Mandou preparar para o desconhecido mimos ainda mais magníficos que os destinados aos três monarcas, dizendo:

— Esse jovem deve ser filho do imperador da China, ou dessa parte do mundo denominada Europa, de que já me falaram, ou talvez da África, que fica próxima ao reino do Egito, segundo dizem.

Mandou cumprimentá-lo imediatamente por intermédio do seu estribeiro-mor, que deveria perguntar-lhe se era soberano de algum desses impérios, e por que, possuindo tão formidáveis tesouros, se tinha apresentado apenas com um escudeiro e um saco.

Enquanto o estribeiro-mor se dirigia ao anfiteatro para desincumbir-se da missão, chegou outro servo montado num unicórnio, que disse ao jovem estrangeiro:

— Ormar, vosso pai chegou ao fim de seus dias, é o que venho avisar.

O desconhecido levantou os olhos para o céu, verteu algumas lágrimas, e respondeu apenas isto:

— Partamos!

O estribeiro-mor, depois de apresentar as saudações de Belus ao vencedor do leão, ao ofertante das quarenta gemas, ao dono do belo pássaro, perguntou ao servo qual o império governado pelo pai do jovem herói. O criado respondeu:

— O pai dele é um velho pastor muito estimado.

Apesar da rapidez deste diálogo, já o desconhecido tivera tempo de montar num unicórnio. Disse depois ao estribeiro-mor:

— Senhor, dignai-vos depositar minhas homenagens aos pés de Belus e de Formosante. Ouso suplicar-lhe

que cuide bem do pássaro que lhe deixo: tanto quanto ela, é único.
Mal terminou estas palavras, partiu, rápido como o raio. Os dois servos o seguiram, e em breve todos os perderam de vista.
Formosante não pôde reter um grito. O pássaro, olhando o anfiteatro em que o amo estivera sentado, pareceu ficar muito aflito por não o ver mais. Depois, encarando fixamente a princesa, esfregou mansamente o bico na sua mão, parecendo querer significar-lhe que estava agora a seu serviço.
Belus, cada vez mais intrigado, ao saber que esse homem tão extraordinário era filho de um pastor, não acreditou. Mandou que o alcançassem, mas logo vieram dizer-lhe que os unicórnios montados pelos três estrangeiros não podiam ser atingidos, porque corriam em galope tal que deveriam estar avançando cem léguas por dia.

Capítulo II

Todo o mundo comentou o caso, esgotando-se em vãs conjeturas:
— Como é que o filho de um pastor pode ofertar quarenta enormes diamantes? Por que apareceu montado num unicórnio?
Todos se perdiam em interrogações, e Formosante, ao acariciar o pássaro, mergulhava em profunda melancolia.
Sua prima em segundo grau, a princesa Aldéia, que era muito bem feita e quase tão bonita quanto ela, disse-lhe:
— Minha prima, não sei se esse jovem semideus é filho de pastor, mas acho que preencheu todos os requisitos exigidos para ser teu esposo: retesou o arco de Nembrod, venceu o leão e é muito inteligente, porquan-

to te dedicou belo improviso; depois dos quarenta diamantes que te deu, já não podes negar que seja o mais generoso de todos os homens; o pássaro que possuía é indiscutivelmente a coisa mais rara deste mundo. Sua virtude é sem par, já que não hesitou em partir, ao saber que o pai estava doente, quando podia ter permanecido perto de ti. O oráculo está consumado em todos os pontos, menos no que exigia a vitória sobre os rivais. Mas ele fez mais do que isso, porque salvou a vida do único adversário temível; quanto a vencer os outros dois, creio que não duvidarás da facilidade com que ele o faria.

— Tudo o que dizes é verdade, Aldéia. Mas será possível que um homem, entre todos o mais valente, e talvez até o mais encantador, seja filho de gente rústica?

A dama de honor, intrometendo-se na conversa, afirmou que se dá, muitas vezes, o nome de "pastor" aos reis, porque eles tosam rente os seus rebanhos; que isso fora naturalmente uma pilhéria sem graça do escudeiro; que o jovem herói, se tinha vindo tão pobremente acompanhado, fora para mostrar que seu mérito estava acima do fastígio de qualquer rei, e para dever a conquista de Formosante apenas a si mesmo. A princesa respondeu por ternos beijos dados ao pássaro.

Enquanto isso, preparava-se grande festim em homenagem aos três reis e a todos os príncipes que haviam comparecido. A filha e a sobrinha de Belus fariam as honras do banquete. Aos soberanos foram levados presentes dignos da magnificência de Babilônia.

Belus, enquanto se esperava pela festa, reuniu o conselho, e assim falou, como hábil político, sobre o casamento da bela Formosante:

— Estou velho, já não sei que fazer, nem a quem dar minha filha. Aquele que a merece não passa de vil pastor.

O rei das Índias e do Egito são poltrões. O rei Cita nos conviria muito, mas não preencheu nenhuma das condições impostas. Vou consultar, o oráculo, mais uma vez. Deliberarei, enquanto isso, e chegaremos à conclusão de acordo com o que disser o oráculo, porque um rei só se deve guiar pelas ordens expressas dos deuses imortais.

Foi então à capela, e o oráculo respondeu por curtas palavras, como sempre: "Tua filha só se casará depois de ter corrido o mundo".

Espantado, Belus voltou à sala do conselho, e comunicou a resposta.

Todos os ministros respeitavam profundamente os oráculos. Todos reconheciam, ou fingiam reconhecer, que eram o fundamento da religião, que diante deles a razão devia calar-se; que por intermédio deles é que os reis governam os povos, e os magos governam os reis; que sem eles não haveria nem virtude nem repouso sobre a terra. Enfim, depois de terem demonstrado a sua profunda veneração pelos oráculos, quase todos concluíram que aquele era impertinente em extremo, não merecia ser obedecido; que nada tão indecente para uma moça, e em especial para a filha do grande rei de Babilônia, quanto uma viagem sem destino certo; que seria esse o melhor meio de a não ver casada, ou de lhe facilitar um casamento clandestino, vergonhoso e ridículo; que, em uma palavra, esse oráculo não tinha o menor bom-senso.

O jovem ministro Onadase, mais espirituoso que os outros, afirmou que o oráculo, sem dúvida, se referia a alguma devota peregrinação, e ofereceu-se para conduzir a princesa. O conselho mudou a opinião anterior, mas cada ministro queria ser o guia da princesa. O rei decidiu que ela iria a um templo, a trezentas parasangas no caminho da Arábia, cujo santo tinha a fama de proporcionar felizes enlaces às donzelas, e que o ministro mais idoso a acompanharia. Depois desta decisão, foram todos banquetear-se.

Capítulo III

No centro dos jardins, entre duas cascatas, elevava-se um salão oval, com trezentos pés de diâmetro. A abóbada azul, semeada de estrelas de ouro representando todas as constelações e planetas, cada qual em sua verdadeira posição, girava exatamente como o céu, movida por máquinas tão invisíveis quanto as que dirigem os movimentos celestes. Cem mil archotes, protegidos por cilindros de cristal de rocha, iluminavam a sala, por dentro e por fora: um aparador dividido em degraus sustinha vinte mil vasilhas de ouro; em frente ao aparador ficava a orquestra; dois outros aparadores estavam carregados, um de frutas de todas as estações, e outro de ânforas translúcidas, em que brilhavam todos os vinhos da terra.

Os convivas sentaram-se à mesa, ocupando lugares separados por grinaldas de pedras preciosas em forma de flores e de frutos. A bela Formosante ficou entre o rei das Índias e o rei do Egito. A linda Aldéia, junto ao rei dos citas.

Havia mais uma trintena de príncipes, cada qual ao lado das mais belas damas da corte. O rei de Babilônia, tendo a filha em frente, parecia oscilar entre a tristeza de a não ver casada, e a alegria de a não ter perdido. Formosante pediu-lhe permissão para trazer o pássaro, e colocá-lo ao seu lado. Belus achou boa a idéia.

A música, que começou a tocar, deu a cada príncipe plena liberdade para conversar com sua vizinha. O festim estava tão agradável quanto magnífico.

Diante de Formosante haviam colocado um acepipe de que seu pai gostava muito. A princesa ordenou que o levassem a Sua Majestade. Imediatamente, o pássaro segurou o prato com admirável destreza, levando-o ao rei. Belus agradou-o tanto quanto a filha, e o pássaro voltou novamente para a dona. Abriu, ao voar, tão bela cauda, suas asas abertas tinham cores tão brilhantes, o dourado de sua plumagem era tão vivo que todos os olhares se dirigiam para ele. O pasmo era geral. Os músicos pararam de tocar e ficaram imóveis. Ninguém comia, ninguém falava: só se ouvia um murmurejar de admiração. A princesa de Babilônia levou beijando-o durante todo o banquete, sem se lembrar sequer que existiam reis neste mundo.

Os soberanos do Egito e das Índias sentiram redobrar a indignação e o despeito, e cada qual prometeu intimamente apressar a vinda dos trezentos mil soldados, que iriam vingá-los.

Quanto ao rei dos citas, estava ocupado com a bela Aldéia: seu coração altivo, desprezando sem desdém as desatenções de Formosante, concebia por esta mais indiferença do que cólera; dizia a Aldéia:

— Formosante é bonita, reconheço. Mas dá-me a impressão de ser uma dessas mulheres que só se preocupam com a própria beleza, pensando que a humanidade já lhes deve muito por se dignarem aparecer um público. No meu país não se adoram ídolos. Prefiro uma feiosa complacente, cheia de atenção, a esta linda estátua. E vós tendes, senhora, tão grandes encantos quanto ela, além do que sabeis conversar com os estrangeiros. Confesso-vos, com a franqueza de um cita, que vos prefiro a vossa prima.

Estava enganado, no entanto, sobre o caráter de Formosante, que não era tão desdenhosa quanto parecia. Mas seu madrigal foi bem recebido pela princesa Aldéia.

A conversa, entre os dois, foi-se tornando interessante: quando saíram da mesa estavam radiantes, e já se entendiam perfeitamente.

Depois do banquete, foram passear pelo bosque. Aldéia e o rei dos citas não deixaram de procurar um recanto solitário. Aldéia, que era a personificação da franqueza, assim falou ao príncipe:

— Não odeio minha prima, apesar de ser ela mais bonita do que eu, e estar destinada ao trono de Babilônia: a honra de vos agradar vale mais do que todos os encantos. Prefiro a Cítia convosco, à coroa de Babilônia sem vós. Mas esta coroa é minha por direito, se é que existem direitos no mundo, pois pertenço ao ramo primogênito de Nembrod, e Formosante é de linhagem colateral. Seu avô destronou o meu e assassinou-o depois.

— Como se chamava o vosso avô?

— Aldéia, como eu; meu pai também tinha o mesmo nome, e foi desterrado para os confins do império com minha mãe. Belus, depois da morte de ambos, nada receando de mim, educou-me como sua filha: decidiu, porém, que eu nunca me casaria.

— Eu quero vingar vosso pai, vosso avô e também a vós; garanto que vos casareis: depois de amanhã, cedinho, raptar-vos-ei, porque amanhã ainda devo almoçar com o rei de Babilônia. Voltarei para defender os vossos direitos com um exército de trezentos mil homens.

— Na quero outra coisa.

E, depois de terem trocado palavra de honra, separaram-se.

Fazia muito tempo já que a incomparável Formosante se tinha ido deitar. Mandara colocar, ao lado do leito, uma pequena laranjeira para que ali repousasse o pássa-

ro. Fechara os cortinados, mas não sentia vontade de dormir: tinha o espírito e a imaginação terrivelmente excitados. O encantador desconhecido surgia-lhe diante dos olhos: via-o arremessando a flecha com o arco de Nembrod; contemplava-o cortando a cabeça do leão; admirava-o fugindo da multidão, montado no unicórnio. Recitava o madrigal que lhe havia improvisado, e punha-se a soluçar, murmurando:
— Não o tornarei a ver, ele não voltará!
— Ele voltará, senhora, disse-lhe o pássaro do alto da laranjeira. — Quem vos viu uma vez não poderá furtar-se ao desejo de repetir essa alegria.
— Oh! Céus, oh! Potências eternas, este pássaro fala o mais puro caldaico!

E com estas palavras abriu os cortinados, estendeu-lhe os braços e pôs-se de joelhos sobre o leito:
— Sois algum deus vindo à terra? Ou sois talvez o grande Ormuz, encoberto por essa linda plumagem? Se sois um deus, devolvei-me àquele belo jovem!
— Sou apenas um pássaro, mas nasci no tempo em que os animais ainda falavam, quando aves, serpentes, mulas, cavalos e grifos palestravam familiarmente com os homens. Não vos dirigi a palavra diante de vossas damas de honor temendo que me tomassem por feiticeiro. Só a vós desejo revelar-me.

Formosante, interdita, ébria de tantas maravilhas, agitada pela ânsia de lhe perguntar mil coisas, começou indagando qual a idade que tinha.
— Vinte e sete mil e novecentos anos e seis meses, senhora. Sou da mesma idade da pequena revolução do céu, que os vossos magos chamam de "precessão dos equinócios", e que se perfaz aproximadamente em vinte e oito mil dos vossos anos. Há revoluções infinitamente

mais longas, bem como existem seres muito mais velhos do que eu. Vinte e dois mil anos atrás aprendi o caldaico numa das minhas viagens. Sempre alimentei particular inclinação pela língua de Babilônia, mas os outros animais há tempos já que desistiram de falar por estes climas.

— E por que, pássaro divino?

— Ai! porque os homens se habituaram a devorar-nos, em vez de conversar e instruir-se conosco. Bárbaros! Pois não viam que, possuindo os mesmos órgãos, os mesmos sentimentos, as mesmas necessidades e os mesmos desejos que eles, era evidente que tínhamos também o que chamam de alma? Que éramos seus irmãos, e que só deveriam comer os que fossem nocivos? Somos de tal maneira vossos irmãos, que o Ser eterno, tendo feito um pacto com os homens[1], incluiu-nos expressamente nesse tratado. Proibiu-vos de vos alimentardes com o nosso sangue, e vedou-nos o vosso. As fábulas do vosso Locman, traduzidas em tantas línguas, serão testemunho eterno das felizes relações que entretínheis antigamente conosco. Todas elas começam assim: "No tempo em que os animais falavam..." É verdade que muitas mulheres ainda falam com seus cachorros, mas eles resolveram não responder desde a época em que os forçaram, com chibatadas, a ir caçar, tornando-se cúmplice do assassínio de nossos amigos comuns, os veados, os gamos, as lebres e as perdizes. Ainda possuís antigos poemas em que os cavalos falam, conversando diariamente com os palafreneiros; mas estes usaram expressões tão grosseiras e baixas, que os cavalos, antigamen-

---

1. Vide o capítulo IX da Gênesis, e o capítulo III dos Eclesiastes.

te vossos amigos, hoje vos detestam. O país em que habita o vosso encantador desconhecido, o mais perfeito de todos os homens, é o único em que a vossa espécie ainda sabe amar a nossa, e falar-lhe. E é também a única região da terra onde os homens são justos.

— Onde fica esse país? Como se chama o meu herói? Que nome tem o seu império? Acredito tanto em que o meu encantador desconhecido seja pastor, como em que sejais um morcego.

— Seu país é o dos gangárides, povo virtuoso e invencível que habita a margem oriental do Ganges. O nome do meu amigo é Amazan. Ele não é rei, creio mesmo que não se rebaixaria nunca a sê-lo, e ama profundamente os compatriotas: é pastor, como todos lá. Mas não imagineis que esses pastores se pareçam com os vossos, que se cobrem apenas com trapos, gemendo sob o fardo da pobreza, guardando carneiros mais bem vestidos que eles, e pagando a um exator metade do parco salário recebido dos amos, não! Os pastores gangárides, todos iguais por nascimento, são donos de incontáveis rebanhos, que ruminam pastos sempre verdes. Nunca os matam, pois é crime horrível contra o Ganges derrubar e comer o semelhante. A lã, mais fina e lustrosa que qualquer seda, movimenta o maior comércio de todo o Oriente. Além disso a terra dos gangárides produz tudo o que pode concretizar os desejos humanos. Os grandes diamantes que Amazan teve a honra de oferecer-vos, são de uma mina que lhe pertence. O unicórnio, que cavalga, é a montaria usual dos gangárides. Esse é o mas belo, o mais feroz, o mais terrível e o mais dócil animal da terra. Bastariam cem gangárides e cem unicórnios para destroçar um exército numeroso. Há dois séculos um rei da Índia teve a louca ousadia de querer conquistar essa nação. Apresentou-se com dez mil elefantes e um milhão de guerreiros. Os unicórnios transpassaram os elefantes, como vi, em vossa mesa, calhandras assadas em espetos de ouro. Os soldados caíram debaixo dos sabres gangárides como searas de trigo ceifadas pelas mãos dos povos orientais. O rei, com seiscentos mil guerreiros, foi aprisionado. Banharam-no nas águas salutares do Ganges, e fizeram-no adotar o regime do país, que consiste em alimentação exclusivamente vegetal, oferecida pela natureza a todos os seres que respiram. Os homens nutridos por carne e intoxicados por licores fortes têm um sangue abrasado e azedo, que os enlouquece de cem maneiras diversas. A principal demência causada é o furor com que derramam o sangue dos irmãos e com que devastam planícies férteis, para reinar sobre cemitérios. Foram precisos seis meses para curar o rei das Índias dessa terrível insânia. Quando os médicos acharam que já estava com o pulso mais sereno e o espírito mais calmo, passaram-lhe um certificado. O conselho dos gangárides, depois de consultar os unicórnios, humanamente soltou o rei das Índias, sua corte idiota e seus imbecis guerreiros, que voltaram para o país natal. Esta lição os tornou sensatos, e desde essa época os indianos respeitam os gangárides, como entre vós os ignorantes que desejam instruir-se veneram os filósofos caldeus, por não poderem superá-los.

— A propósito, meu querido pássaro, os gangárides professam alguma religião?

— E que religião, minha senhora! Reúnem-se para render graças ao Senhor, nos dias de lua cheia, os homens num grande templo de cedro, as mulheres em outro, para evitar distrações, os pássaros na mata e os quadrúpedes num relvado: assim agradecem a Deus todos os benefícios outorgados. Possuem, principalmente, notáveis papagaios que pregam com perfeição. Tal é a pátria do meu caro Amazan, onde moro. Minha amizade a ele é tão grande quanto o vosso amor. Creio que o melhor seria partirmos juntos, ao seu encontro.

— Que bela profissão para um pássaro, a vossa! Foi o que respondeu a princesa, sorrindo. Morria de vontade de fazer a viagem, mas não ousava confessá-lo. O pássaro continuou:

— Sirvo o meu amigo, e minha alegria será ainda maior se puder auxiliar vossos amores.

Formosante tinha a impressão de estar fora do mundo, já nem sabia onde pairava. Tudo o que tinha visto naquele dia, tudo o que estava vendo, tudo o que escutava, e principalmente tudo o que sentia no coração, a mergulhava em êxtase bem mais delicioso que o experimentado hoje pelos bem-aventurados muçulmanos, quando, desapegados dos laços terrestres, se vêem dentro do nono céu nos braços de suas huris[1], aureolados e impregnados pela glória e pela felicidade celestiais.

Capítulo IV

Formosante passou a noite falando em Amazan, chamando-o de seu pastor. Foi desde essa ocasião que os nomes "amante" e "pastor" são sempre usados um pelo outro, em certas nações.

Ora perguntava se Amazan tivera outras amantes, e o pássaro respondia que não, ora queria saber como era a sua vida.

1. Lindas mulheres do paraíso, prometidas por Mafoma.

Entusiasmada, recebia a informação de que a empregava fazendo o bem, cultivando as artes, procurando desvendar os segredos da natureza e aperfeiçoando a alma. Depois, indagava se a alma do pássaro era semelhante à do seu amado, e como podia viver quase vinte e oito mil anos, quando o seu amante não tinha mais do que dezoito ou dezenove. Fazia cem perguntas desse gênero, às quais o pássaro respondia com uma discrição que irritava a sua curiosidade.

Afinal, o sono acabou vencendo-os, entregando Formosante à deliciosa ilusão dos sonhos enviados pelos deuses, que tantas vezes superam a realidade, e que toda a filosofia dos caldeus ainda não soube explicar.

Formosante só acordou muito tarde. Já era dia quando o rei entrou no seu quarto. O pássaro recebeu Sua Majestade com respeitosa polidez, voando diante dele, batendo as asas, esticando o pescoço e depois voltando para a laranjeira. O rei sentou-se no leito da filha, que os sonhos haviam deixado ainda mais bonita. Sua longa barba aproximou-se do belo rosto, e, depois de a ter beijado duas vezes, falou-lhe deste modo:

— Minha cara filha, ontem não pudeste encontrar marido, como esperava, mas a salvação do império exige que te cases. Consultei o oráculo, que, como sabes, nunca mente, e dirige toda a minha conduta: ordenou-me ele que te fizesse correr o mundo. É preciso que faças uma viagem.

— Ah sem dúvida para o país dos gangárides!

E, ao deixar escapar estar palavras, sentiu bem que dizia uma tolice. O rei, que ignorava por completo geografia, perguntou-lhe quem eram esses gangárides. A princesa achou facilmente um subterfúgio. O rei comunicou-lhe que ela deveria fazer uma peregrinação, que já tinha nomeado dos componentes do seu séqüito: o mais velho conselheiro de Estado, uma dama de honor, o decano dos capelães, um médico, um boticário, e o seu pássaro, com todos os servos necessários.

Formosante, que nunca saíra do real palácio do senhor seu pai, levara uma vida insípida, cingida pela etiqueta faustosa dos prazeres superficiais, ficou encantada com a possibilidade que lhe dava a peregrinação. Dizia ao coração baixinho:

— Quem sabe os deuses inspirarão ao meu adorado gangáride o desejo de ir à mesma capela? Terei então a felicidade de rever o meu amado peregrino.

Agradeceu ternamente ao pai, dizendo-lhe que sempre sentira especial devoção pelo santo que iria visitar.

Beluz ofereceu aos hóspedes excelente jantar. Só os homens compareciam, todos gente muito mal encarada; rei, príncipes, ministros, pontífice, invejando-se uns ao outros, medindo as palavras, importunados pelos vizinhos e por si próprios. A ceia foi triste, embora regada a bastante vinho. As princesas ficaram em seus aposentos, ocupadas com os preparativos de partida. Comeram a sós.

Em seguida Formosante foi passear nos jardins com o pássaro, que, para distraí-la, voava de árvore em árvore, ostentando a soberba cauda e a plumagem divina.

O rei do Egito, que estava afogueado pelo vinho, para não dizer bêbedo, pediu arco e flechas a um de seus pajens. Era considerado o pior arqueiro do seu reino: quando visava o alvo, podia-se estar certo de que seria ali o único lugar em que se estaria são e salvo. Mas o belo pássaro, voando tão rapidamente quanto a flecha, foi ao seu encontro e caiu, ensangüentado, entre os braços de Formosante. O egípcio, rindo alvarmente retirou-se para o seu alojamento. A princesa gritou, desesperada e chorosa. O pássaro, agonizando, murmurou-lhe:

— Queimai-me e levai minhas cinzas para a Arábia Feliz, no lado oriental da velha cidade de Aden ou Éden, onde as exporeis ao sol sobre uma pequena fogueira de cravo e canela da Índia.

Depois de ter proferido estas palavras, expirou. Formosante ficou longo tempo desmaiada e só voltou a si para explodir em soluços. Seu pai, compartilhando a sua dor, e praguejando contra o rei do Egito, não duvidou que o caso fosse o prenúncio de um sinistro porvir. Apressou-se em consultar o oráculo da sua capela, que respondeu: "Tudo misturado, morte em vida, infidelidade e constância, perda e ganho, felicidade e desgraças". Nem ele nem o conselho entenderam o que quer que fosse. Mas, enfim, tinha cumprido seus deveres de devoção.

Desconsolada, enquanto ele consultava o oráculo, Formosante prestou ao pássaro todas as honras fúnebres que este havia ordenado, e resolveu levá-lo à Arábia, mesmo com perigo de vida. Queimou-o, com a laranjeira sobre a qual dormira, e recolheu suas cinzas num pequeno vaso de ouro incrustado de carbúnculos e diamantes, que haviam tirado da goela do leão. Ah! — se ela pudesse queimar vivinho, em vez de realizar esse funesto dever, o detestável rei do Egito! Era seu maior desejo. Não podendo satisfazê-lo, mandou matar os dois crocodilos, as duas zebras, os dois ratos, e jogar as duas múmias ao Eufrates. Se estivesse à mão o boi Ápis, também não o teria poupado.

O rei do Egito, ofendido por esta afronta, partiu imediatamente para apressar a vinda dos seus trezentos mil homens. O rei das Índias, vendo o aliado partir, voltou para o seu país naquele mesmo dia, com o firme propósito de acrescentar trezentos mil comandados ao exército do soberano egípcio. O rei Cita escapou durante a noite com a princesa Aldéia, bem resolvido a vir combater por ela à testa dos seus trezentos mil citas, para devolver-lhe o trono de Babilônia, que lhe pertencia por direito pois descendia do ramo primogênito.

Por seu lado, a bela Formosante pusera-se a caminho, de madrugada, com a caravana de peregrinos, esperando poder ir até a Arábia para executar as últimas vontades do pássaro, e acreditando que a justiça dos deuses imortais lhe devolveria o seu idolatrado Amazan, longe de quem já não podia viver.

Assim, ao levantar-se, o rei de Babilônia não encontrou mais ninguém. Comentou:

— Como acabam as grandes festas, deixando na alma estranho vácuo, depois que o barulho passou!

Mais foi tomado de cólera verdadeiramente real, quando soube que a princesa Aldéia fora raptada. Ordenou que despertassem todos os ministros, e que o conselho se reunisse. Enquanto esperava a sua chegada, não deixou de consultar o oráculo, mas obteve apenas estas palavras, que depois, ficaram célebres em todo o universo: "Quando ninguém arranja casamento para as moças, elas mesmas se casam".

E deu ordens imediatas para que um exército de trezentos mil homens caminhasse contra o rei dos citas.

De todos os lados, pois, se preparava a mais terrível guerra, suscitada pelos prazeres da mais bela festa que jamais se deu na terra. A Ásia ia ser assolada por quatro exércitos de trezentos mil combatentes. Vê-se bem que a guerra de Tróia, que alguns anos depois espantou o mundo, não passaria de brinquedo de criança em comparação. Mas é preciso notar que a disputa entre gregos e troianos fora provocada apenas por uma velha mulher bem libertina, que já se fizera raptar duas vezes, ao passo que nesta se tratava de duas donzelas e de um pássaro.

O rei das Índias foi esperar seu exército no grande e magnífico caminho que então ligava Babilônia diretamente a Cachemira.

O rei dos citas corria com a bela Aldéia pela estrada que levava ao monte Imaús.

O rei do Egito voava para o ocidente, em direção ao pequeno Mediterrâneo, que os ignorantes hebreus mas tardes denominaram "o grande mar".

A má administração, com o correr do tempo, tornou intransitáveis todas essas estradas.

Quanto à linda Formosante, seguia o caminho de Bassorá, que atravessava intermináveis palmeirais, fornecedores de sombra e frutos em todas as estações do ano. O templo, para o qual se dirigia a peregrinação, ficava na própria cidade de Bassorá. O santo a quem era dedicado parecia-se muito com o que adoraram mais tarde em Lampsaco: não só arranjava esposos para as moças, como também, muitas vezes, servia mesmo de marido. Não havia santo tão festejado como ele, em toda a Ásia...[1]

Formosante pouco se importava com o santo. Invocava apenas o seu amado pastor gangáride, o formoso Amazan. Contava embarcar em Bassorá, e dirigir-se para a Arábia Feliz a fim de fazer o que o pássaro ordenara.

Na terceira noite mal tinha ela entrado na hospedaria em que os servos lhe haviam tudo preparado, quando soube que o rei do Egito também estava de chegada: instruído sobre o itinerário da princesa pelos seus espiões tinha imediatamente trocado de caminho, seguido por numerosa escolta.

1. Príapo.

Assim que chegou, mandou colocar sentinelas em toda as portas e subiu ao quarto de Formosante, a quem disse:

— Era precisamente a vós que eu procurava. Fizestes pouco caso de mim em Babilônia, e é justo que as arrogantes e caprichosas sejam punidas: esta noite dar-me-eis a honra de cear comigo, e não tereis outro leito além do meu. Prometo buscar em vós intensa e completa satisfação.

Formosante viu bem que não era a mais forte. Sabia que a prudência manda que nos conformemos com as situações: tomou a resolução de livrar-se do faraó com inocente manha. Fitou-o com o canto dos olhos, de soslaio, e falhou-lhe modestamente, com graça, doçura, perplexidade e uma série de encantos que enlouqueceriam o mais sensato dos homens, e desnorteariam o mais perspicaz:

— Confesso, senhor, que baixei sempre os olhos diante de vós quando nos destes a honra de vir à casa do rei meu pai. É que temia meu coração, tinha medo da minha ingênua simplicidade: receava que meu pai e os vossos rivais notassem a preferência, aliás merecidíssima, com que eu vos distinguia. Posso agora revelar meus sentimentos. Juro pelo boi Ápis, que é, depois de vós, o ser que mais respeito neste mundo, como a vossa proposta me encantou. Já ceei convosco no palácio do rei meu pai: cearei aqui de boa vontade, mesmo sem que ele nos faça companhia. Só peço que o vosso capelão beba conosco, pois me pareceu alegre conviva em Babilônia. Eu trouxe excelente vinho de Chiraz, quero que ambos o provem. Quanto à vossa segunda proposta, é deliciosamente sedutora, mas convireis que não fica bem a uma moça de família comentá-la: é bastante esclarecer que vos considero o maior de todos os reis, e o mais encantador de todos os homens.

Esta parolagem virou a cabeça do faraó, que não se opôs à presença do capelão no jantar.

— Tenho ainda outra graça a vos pedir: preciso que o meu boticário venha ver-me. As moças têm sempre pequenos incômodos, como dores de cabeça, palpitações, cólicas, falta de ar, que requerem certos cuidados em determinadas circunstâncias. Em resumo: necessito urgentemente do boticário, e espero que essa ínfima prova de amor não me seja negada.

— Senhorita, embora os desígnios dos boticários sejam opostos aos meus, e os objetos de sua profissão precisamente o contrário dos meus, conheço demais a vida para vos recusar tão justo pedido. Dir-lhe-ei que vos venha ver enquanto se espera pelo jantar. Suponho que deveis estar fatigada da viagem. Naturalmente será também indispensável uma camareira. Podereis chamar a que preferirdes. Esperarei depois vossas ordens.

Retirou-se. Logo após chegaram o boticário e Irla, a camareira, em quem Formosante depositava inteira confiança. Ordenou-lhe que trouxesse seis garrafas de vinho de Chiraz para o jantar, e que fizesse cada soldado da guarda egípcia beber igual quantidade, recomendando ao boticário que misturasse com o vinho certas drogas entorpecentes, que produziam sono por vinte e quatro horas. Foi pontualmente obedecida.

Ao cabo de meia hora, o rei voltou com o capelão. A ceia foi bastante alegre. O faraó e o padre confessaram, depois de terem esvaziado as seis garrafas, que no Egito o vinho não era tão bom assim.

A camareira não se esqueceu de dar a beber aos moços que haviam servido a mesa. Quanto à princesa, não bebeu uma só gota, alegando que o médico lhe prescrevera regime.

37

Logo, tudo dormia.

O capelão do faraó tinha a mais notável barba que pudesse usar um homem da sua condição. Formosante cortou-a cuidadosamente, e depois de a haver costurado numa fita, amarrou-a ao queixo. Envergou a túnica do padre e todos os sinais da sua dignidade e disfarçou a camareira em sacristão da deusa Ísis. Afinal, munida da urna e das jóias, saiu da hospedaria através das sentinelas, que dormiam como o amo. A criada tivera a precaução de mandar trazer dois cavalos selados, que esperavam à porta. A princesa não poderia levar nenhum dos oficiais do seu séqüito, porque teriam sido presos pelos guardas.

Formosante e Irla atravessaram alas de soldados que tomando-a pelo capelão, a chamavam: "meu reverendíssimo pai", e lhe pediam a bênção. As duas fugitivas chegaram a Bassorá dentro de vinte e quatro horas, antes que o rei tivesse despertado. Abandonaram os disfarces, que poderiam provocar suspeita, e fretaram um navio que as levou, pelo estreito de Ormuz, à maravilhosa região de Éden, na Arábia Feliz. Foi em Éden cujos jardins eram tão afamados, que situaram mais tarde a mansão dos justos. Nesses climas quentes, os homens não podiam imaginar maior beatitude que a sombra das árvores e o murmúrio das águas. Viver eternamente no céu com o Ente supremo, ou ir passear no jardim, era da mesma forma o paraíso para os homens, que sempre falam sem se compreenderem, e que ainda não puderam obter expressões exatas nem idéias claras. Qual não foi sua surpresa quando viu, depois de ter espalhado as cinzas, que a fogueira se inflamava sozinha! O fogo tudo consumiu. E apareceu então, em vez de cinzas, um grande ovo, de onde saiu o pássaro mais belo do que nunca.

Foi, para a princesa um dos momentos mais admiráveis da sua vida. Apenas outro lhe poderia ser mais grato: embora desejando-o, não ousava esperá-lo. Disse ao pássaro:

— Só agora vejo que sois a célebre fênix! Estou prestes a morrer de espanto e de alegria. Eu não acreditava na ressurreição, mas fui convencida pela minha própria felicidade.

— A ressurreição, minha senhora, é a coisa mais simples deste mundo. Nascer duas vezes não é mais surpreendente do que nascer uma vez. Tudo neste mundo é ressurreição: as lagartas ressuscitam como borboletas, o caroço como árvore. Todos os animais sepultados na terra ressurgem como ervas, plantas, e nutrem outros animais de cuja substância farão parte. Todas as partículas de que se compõem os corpos são transformadas em seres diferentes. Sou o único animal a quem Ormuz concedeu a graça de ressuscitar com a mesma natureza.

Formosante que, desde o dia em que conhecera Amazan e o pássaro, vivia todas as horas de admiração em admiração, disse:

— Compreendo bem que o Ente supremo tenha podido formar, das vossas cinzas, uma nova fênix semelhante a vós. Mas não entendo como é que podeis ter a mesma personalidade. Onde foi parar a vossa alma depois da morte, enquanto eu carregava as cinzas dentro da urna?

— Ora essa! Pois não é igualmente fácil para o grande Ormuz continuar sua ação sobre uma pequena parcela de mim mesmo, do que iniciar a mesma ação? Antes ele me havia dotado de inteligência, sensibilidade e memória, e agora continua a conceder-mas. Que tenha ligado esse favor a um átomo do fogo elementar escondido em mim, ou à reunião de todos os meus órgãos, é a mesma coisa em essência: a fênix e os homens ignorarão sempre como se realiza o fenômeno. Mas a maior graça que Deus me outorgou foi a de ter a ventura de renascer para vós. Como gostaria de passar junto de Amazan e de vós os outros vinte e oito mil anos que ainda tenho para viver até minha próxima ressurreição!

— Minha fênix, recordai as primeiras palavras que me dissestes em Babilônia: nunca as esquecerei, porque me deram a esperança de rever o adorável pastor que idolatro. Precisamos ir juntos à terra dos gangárides, a fim de trazê-lo para Babilônia.

— Não quero outra coisa. Não percamos tempo. É preciso ir ao encontro de Amazan pelo caminho mais curto, quer dizer, pelo ar. Conheço na Arábia Feliz dois grifos, meus amigos íntimos, que moram a apenas cinqüenta milhas daqui: vou escrever-lhes pelos pombos-correios e antes da noite já terão chegado. Até lá poderemos ir preparando um canapé bem cômodo, com gavetas em que guardaremos provisões de boca. Nele viajareis folgadamente com a vossa empregada. Os dois grifos são os mais vigorosos da espécie, cada um deles segurará uma ponta do canapé com as garras. Mas é preciso não perder tempo, os momentos são preciosos!

Foi imediatamente com Formosante a um tapeceiro seu conhecido, e encomendou o canapé, que ficou pronto em quatro horas. Encheram as suas gavetas de pãezinhos, biscoitos melhores que os de Babilônia, cidras, ananazes, cocos, pistaches e vinho de Éden, que supera o vinho de Chiraz como este o de Suresnes.

Os grifos chegaram a Éden na hora marcada. Formosante e Irla tomaram lugar no canapé, que era tão leve quanto sólido e confortável. Os dois animais o levantaram como uma pluma. A fênix ora voava ao lado, ora se encarapitava no espaldar, e os grifos singraram para o Ganges com a rapidez de uma flecha cortando o ar. Só se repousava à noite, para comer alguma coisa, e para que os dois condutores pudessem tomar um trago. Afinal, chegaram ao país dos gangárides. O coração da princesa palpitava de amor, de esperança e de alegria. A fênix fez com que os grifos parassem diante da casa de Amazan e mandou chamá-lo, mas ele já partira três horas antes, não sabiam para onde.

Não há expressões, mesmo na língua dos gangárides, que possam exprimir o desespero de Formosante. Disse-lhe a fênix:

— Eis aí o que eu temia! Essas três horas gastas na hospedaria do caminho para Bassorá, com esse amaldiçoado faraó do Egito, talvez tenham roubado a vossa felicidade: receio havermos perdido Amazan para sempre.

Perguntou então aos servos se poderia falar com a senhora mãe dele. Responderam-lhe que, tendo ela perdido o marido na antevéspera, não recebia ninguém. Mas a fênix, que gozava de estima na casa, conseguiu fazer a princesa entrar numa sala, cujas paredes eram cobertas de madeiras finas com incrustações de marfim. Subpastores e subspastoras, vestidos de longas túnicas brancas enfeitadas por cintos cor de aurora, serviram-lhe, em travessas de porcelana, cem petiscos deliciosos, entre os quais não se via nem um cadáver disfarçado: arroz, sagu, sêmola, aletria, macarrão, omeletes, ovos com molho branco, queijos, massas de toda espécie, legumes, frutas de perfume e sabor inimagináveis, e uma profusão de refrescos divinos, superiores ao melhor vinho.

Enquanto a princesa comia, deitada em leito de rosas, quatro pavões, felizmente mudos, a abanavam com as caudas brilhantes. Duzentos passarinhos, cem pastores e cem pastoras, ofereceram-lhe um concerto a duas vozes: os rouxinóis, os canários, as toutinegras e os tentilhões cantavam os agudos com as pastoras; os pastores faziam o contracanto e davam as notas baixas. Em tudo, apenas a bela e simples natureza. A princesa confessou que, se em Babilônia havia maior magnificência, no país dos gangárides a natureza era mil vezes mais encantadora. Mas, enquanto lhe dedicavam essa música tão voluptuosa e consoladora, Formosante chorava, dizendo à jovem Irla, sua companheira:

— Todos estes pastores e pastoras, canários e rouxinóis podem amar, e eu me vejo privada do herói gangáride, digno objeto dos meus ternos e impacientes desejos!

Durante a merenda, enquanto Formosante estava chorosa e cheia de admiração, a fênix dizia à mãe de Amazan:

— Senhora, não podeis deixar de ver a princesa de Babilônia. Já sabeis que...

— Estou a par de tudo, até mesmo da sua aventura na hospedaria do caminho para Bassorá: um melro tudo nos contou esta manhã. Por causa desse passarinho cruel é que o meu filho, desesperado, fora de si, saiu da casa paterna.

— Não sabíeis, senhora, que a princesa me havia ressuscitado?

— Não, minha cara. Soube apenas, pelo melro, que tínheis morrido, o que me deixou desconsolada. Fiquei tão magoada com essa perda, com a morte do meu esposo, e com a repentina partida de Amazan, que dei ordens para não receberem ninguém. Mas já que a princesa de Babilônia me dá a honra de visitar-me, fazei com que entre imediatamente, pois tenho coisas da maior importância para lhe dizer. É indispensável que também estejais presente.

E foi para o salão vizinho, ao encontro da princesa. Já não caminhava facilmente, era uma senhora de quase trezentos anos de idade. Mas ainda conservava gloriosos despojos, via-se que deveria ter sido encantadora entre os quarenta e os duzentos e trinta anos. Recebeu Formosante com respeitosa fidalguia, misturada com um ar de sofrimento e de interesse; que causou a mais viva impressão na princesa.

Formosante começou apresentando-lhe seus sentimentos pela perda do marido. Disse-lhe a viúva:

— Essa perda vos deve interessar mais do que supondes.

— Sem dúvida que ela me comove, pois o vosso esposo era pai de...

Chorou, ao chegar a estas palavras.

— Se vim aqui, foi exclusivamente para o procurar. Corri inúmeros perigos. Por ele, abandonei meu pai e a mais faustosa corte do universo. O faraó do Egito, que detesto, raptou-me. Tendo-me desembaraçado desse covarde, atravessei os ares para ver o objeto do meu amor: chego, e ele partiu!

As lágrimas e os soluços impediram-na de prosseguir. A mãe de Amazan revelou-lhe então:

— Senhora, não vos lembrais de ter visto um melro esvoaçando pelo quarto, quando, ao cear com o faraó do Egito no caminho para Bassorá, lhe servíeis vinho de Chiraz?

— Sim, tenho uma vaga idéia, mas não lhe prestei atenção no momento. Se bem me lembro, foi quando o faraó se levantou da mesa para me beijar que vi um melro sair janela afora, soltando enorme grito. E não voltou mais.

— Ai, minha senhora! Foi precisamente essa a causa da nossa desdita. Meu filho mandara esse melro para informar-se da vossa saúde e de tudo o que se passava em Babilônia. Ele esperava em breve poder voltar, para lançar-se aos vossos pés e dedicar-vos a sua vida. Não podeis calcular com que impetuosidade ele vos ama. Os gangárides são amorosos e fiéis: pois meu filho é mais apaixonado e constante do que todos eles. O melro encontrou-vos numa taverna, onde bebíeis muito alegremente com o rei do Egito e um horrendo padre. Presenciou o beijo que destes no monarca, assassino da fênix, por quem nutre invencível aversão. Ao ver isso, o melro, tomado por justa indignação, voltou maldizendo o vosso funesto amor. Chegou hoje, contando tudo. E em que ocasião, Deus meu! No momento em que Amazan chorava comigo a morte do pai e a da fênix. No momento em que por minha boca, ficava sabendo que era vosso primo em segundo grau!

— Meu primo? Oh! Céus! Mas de que forma? Pois serei eu feliz a esse ponto? E ao mesmo tempo tão desgraçada que o tenha ofendido?

— Meu filho é vosso primo, posso asseverar-vos. É o que provarei em breve. Mas, ao vos tornardes sua parenta, roubais meu filho: ele não poderá sobreviver à dor causada pelo beijo que destes no faraó do Egito.

— Ah! minha tia, juro por ele e pelo poderoso Ormuz que esse beijo fatídico, longe de ser criminoso, era a maior prova de amor que lhe dava. Por causa dele, desobedeci a meu pai, vindo do Eufrates ao Ganges. Aprisionada pelo indigno faraó do Egito, não tive outro recurso senão o de iludi-lo. Solicito o testemunho das cinzas e da alma da fênix, que então se encontravam no meu bolso: elas poderão fazer-me justiça. Mas como é possível que o vosso filho, nascido à beira do Ganges, possa ser meu primo, se a minha família reina sobre as margens do Eufrates há tantos séculos?

— Sabeis que o vosso tio-avô reinava sobre Babilônia, quando foi destronado pelo pai de Belus?

— Sim, senhora.

— E sabeis que o filho dele tivera do seu casamento uma filha, a princesa Aldéia, que foi educada na vossa corte. Foi esse príncipe que, sendo perseguido pelo vosso pai, veio refugiar-se nestas felizes paragens, sob nome suposto. Casou-se comigo, e dele tive o jovem príncipe Aldéia-Amazan, o mais virtuoso, o mais belo, o mais forte, o mais intrépido e hoje o mais tresloucado de todos os mortais. A fama de vossa beleza levou-o a Babilônia: desde então ele vos idolatra. Talvez nunca mais eu volte a ver meu adorado filho!...

E mandou exibir à princesa todos os títulos da casa dos Aldéia, que Formosante mal olhou.

— Ah! senhora! Ninguém examina o que deseja: meu coração vos crê. Mas onde está Aldéia-Amazan, onde está o meu primo, meu amado e meu rei? Onde está a vida minha? Que direção teria tomado? Irei procurá-lo em todos os globos que o Senhor criou, dos quais é o mais belo ornamento. Irei à estrela Canopus, à Sheat, à Aldebarã. Irei convencê-lo da minha inocência e do meu amor.

A fênix justificou a princesa quanto ao crime que lhe imputava o melro, de haver beijado o faraó do Egito por amor. Mas era preciso elucidar Amazan, e trazê-lo de volta. A fênix enviou passarinhos para todas as estradas; pôs os unicórnios em campo; vieram afinal dizer-lhe que Amazan tomara o caminho da China. A princesa exclamou:

— Pois vamos à China! A viagem não é longa. Espero trazer o vosso filho em quinze dias, no máximo.

A estas palavras, quantas lágrimas de ternura choraram a mãe gangáride e a princesa de Babilônia! Quantos beijos! Quanta efusão de sentimentos! A fênix encomendou imediatamente um carro puxado por unicórnios. A mãe de Amazan forneceu duzentos cavaleiros e presenteou a princesa, sua sobrinha, com milhares de diamantes do país. A fênix, indignada com o dano causado pela indiscrição do melro, ordenou a toda a espécie que abandonasse a nação gangáride. E é desde esse tempo que não se encontra nem mais um melro nas margens do Ganges.

Capítulo V

Os unicórnios levaram Formosante, Irla e a fênix até Cambalu,[1] capital da China, em menos de oito dias. À cidade era maior do que Babilônia, e de magnificência bem diversa. Os novos objetos, os costumes originais teriam interessado Formosante, se pudesse preocupar-se com outra coisa além de Amazan.

Assim que o imperador da China soube que a princesa de Babilônia estava às portas da cidade, mandou-lhe quatro mil mandarins em trajes de cerimônia. Todos se prosternaram diante dela, apresentando-lhe cumprimentos, escritos com letras de ouro, em folhas de seda purpúrea. Formosante lhes disse que, se tivesse quatro mil línguas, não deixaria de responder imediatamente a cada qual; mas, como possuía uma apenas, dela se servia para

---

1. Cambalu era na Idade Média, o nome turco de Pequim.

agradecer a todos. Conduziram-na respeitosamente ao palácio do imperador. Era ele o mais justo, o mais polido, o mais sábio dos monarcas da terra. Para tornar a agricultura um meio de vida respeitável aos olhos do povo, cultivava um pequeno campo com suas próprias mãos imperiais. Foi quem primeiro instituiu prêmios à virtude, quando em toda parte, vergonhosamente, as leis se limitavam a punir os crimes. Esse imperador acabara de expulsar dos seus estados um bando de bonzos estrangeiros, vindos, do ocidente, na insensata esperança de forçar a China inteira a pensar como eles, e que, com o pretexto de proclamar verdades, já tinham adquirido bens e honrarias. Ao expulsá-los, dissera-lhes textualmente estas palavras, gravadas nos anais do império:

"Aqui, poderíeis ter feito tanto mal quanto já fizestes em outros lugares: viestes pregar dogmas de intolerância na própria pátria da tolerância. Expulso-vos para não me ver forçado a vos punir de novo. Sereis reconduzidos dignamente até as minhas fronteiras, e tudo vos será fornecido para que possais tornar ao hemisfério de onde viestes. Ide em paz, se é que podeis tê-la convosco, e nunca mais volteis!"[1]

A princesa de Babilônia leu com alegria esse julgamento. Ficou mais certa de ser bem recebida nessa corte, pois estava longe de professar dogmas intolerantes. O imperador da China, jantando com ela a sós, teve a gentileza de banir toda etiqueta aborrecida. A princesa apresentou-lhe a fênix, que, empoleirada em sua poltro-

---

1. Refere-se à expulsão dos jesuítas da China, decretada pelo imperador Yung-Tching. Só foram autorizados a ficar os que "podiam ser úteis em matemáticas".

na, recebeu muitas carícias do imperador. Lá pelo fim da refeição, Formosante confiou-lhe o motivo da sua viagem, pedindo-lhe que mandasse procurar em Cambalu o belo Amazan, cuja vida narrou, sem nada lhe ocultar quanto à sua fatal paixão pelo jovem herói. Disse-lhe o imperador da China:

— A quem o dizeis! Pois esse adorável Amazan deu-me o prazer de vir à minha corte onde encantou a todos. É verdade que estava profundamente perturbado, mas seus primores se tornaram ainda mais sugestivos: nenhum dos meus favoritos tem o seu espírito: nenhum mandarim letrado possui os seus conhecimentos; nenhum mandarim guerreiro traz expressão tão marcial e heróica; sua extrema juventude empresta maior mérito a todos esses talentos. Se algum dia me sentisse desgraçado tão esquecido pelo Tien e pelo Chantgi que desejasse fazer conquistas, poria Amazan no comando de minhas tropas, e ficaria certo de triunfar no universo inteiro. É pena que a mágoa lhe afete algumas vezes a inteligência.

Formosante censurou-o, em tom inflamado e dolorido:

— Ah! Vossa Majestade devia tê-lo convidado para este jantar! Quase morro de impaciência: mande-o chamar sem demora!

— Minha senhora, ele partiu esta manhã mesmo, sem dizer para que lado encaminharia os passos.

Formosante virou-se para a fênix:

— Já vistes criatura mais infeliz do que eu?

E para o imperador:

— Mas, por que motivo abandonou ele bruscamente uma corte tão polida como a sua, onde se tem vontade de ficar a vida inteira?

— Eis o que aconteceu: uma princesa de sangue real, das mais adoráveis, apaixonou-se por ele, e lhe marcou entrevista para hoje ao meio-dia, em sua casa. Amazan partiu ao alvorecer, deixando este bilhete, que provocou infindáveis lágrimas na minha parenta:

"Bela princesa da China, mereceis um coração que só tenha sido vosso: jurei aos deuses imortais amar para sempre Formosante, princesa de Babilônia, e ensinar-lhe como podemos dominar os desejos quando viajamos, pois ela teve a desdita de sucumbir a um indigno rei do Egito. Sou o mais infeliz de todos os homens: perdi meu pai, a fênix e a esperança de ser amado por Formosante; abandonei minha desconsolada mãe, a pátria, não podendo mais viver nos lugares em que soube do amor de Formosante a outro. Jurei correr o mundo, e ser fiel. Vós me desprezaríeis, e os deuses me puniriam, se quebrasse o prometido. Amai alguém, princesa, e sede tão fiel quanto eu".

— Oh! Dê-me essa carta surpreendente, que será a minha consolação! Sou feliz no infortúnio: ele me ama! Por mim renuncia à posse das princesas da China. Só mesmo Amazan, na terra, poderia obter semelhante vitória e oferecer tão grande exemplo; mas a fênix sabe que dele não preciso: é uma crueldade, ver-me privada do amante por causa do mais inocente beijo, dado por exclusiva fidelidade. Afinal, aonde foi ele? Que caminho terá tomado? Ensinai-me qual é, que partirei imediatamente.

O imperador da China respondeu-lhe que, pelas informações recebidas, supunha que Amazan seguira o caminho da Cítia. Os unicórnios foram atrelados sem tardança, e a princesa, depois de muitas saudações, despediu-se do imperador e partiu com a fênix, a camareira Irla e todo o séquito.

Ao chegar à Cítia[1] viu logo quanto os homens e os governos diferem e diferirão sempre, até o momento em que algum povo mais esclarecido comunique luz aos outros, e nasçam nos países bárbaros almas heróicas capazes de, pela força e pela perseverança, mudar os brutos em homens. A Cítia não tinha cidades e, em conseqüência, nem uma arte agradável. Só se viam extensas campinas, e nações inteiras viver em tendas ou em carros. Esse quadro inspirava terror.

Formosante perguntou em que tenda ou carro habitava o rei. Disseram-lhe que oito dias antes ele partira, à testa de trezentos mil cavaleiros, para combater o rei de Babilônia, cuja sobrinha raptara.

— Raptou a minha prima! Não sabia de mais esta aventura. Pois então a minha prima, que se julgava feliz por fazer-me a corte, já é rainha e eu ainda não me casei!

Pediu que a conduzissem à tenda da soberana. Esse encontro inesperado, em tão distantes climas, e os singulares fatos que se tinham a contar, emprestaram à entrevista em encanto inédito: esqueceram-se de que nunca se haviam amado. Reviram-se com alegria, e uma doce ilusão substituiu a verdadeira ternura. Beijaram-se, chorando, e houve mesmo entre elas cordialidade e franqueza, pois já não conversavam mais num palácio.

Aldéia reconheceu a fênix e a confidente Irla. Ofereceu peles de zibelina à prima, que lhe deu diamantes. Falaram sobre a guerra que os dois reis estavam empreendendo. Deploraram a situação dos homens, que os reis mandam matar-se por ninharias, facilmente solucionáveis em uma hora entre pessoas honestas. Mas falaram prin-

---

1. A Sibéria.

cipalmente sobre o belo estrangeiro, vencedor de leões, que dera os mais belos diamantes do universo, fizera madrigais, possuíra a fênix e agora se tornara o mais infeliz dos homens por bisbilhotice de um melro. Aldéia exclamava:

— É o meu querido irmão!

E Formosante:

— É o meu amado! Com certeza o viste, talvez mesmo ainda esteja aqui. Sabendo que era teu irmão, minha cara prima, com certeza não te deixou bruscamente, como fez com o imperador da China.

— Se o vi, minha prima! Passou comigo quatro dias inteirinhos. Ah! como tenho pena dele! Uma informação errônea o deixou desvairado: percorre o mundo sem saber para onde vai. Imagina que, em sua demência, recusou até os favores da mais bela mulher de toda a Cítia. Partiu ontem para o país dos cimérios, depois de lhe ter escrito uma carta que a deixou desesperada.

— Deus seja louvado, mais uma recusa a meu favor! Minha felicidade é maior que toda a minha esperança, e minha desdita ultrapassa todos os meus receios! Dá-me essa carta sublime, preciso partir, segui-lo, com as mãos cheias de sacrifícios seus. Adeus, minha prima; Amazan está no país dos cimérios: vou para lá.

Aldéia achou que a princesa sua prima estava ainda mais louca do que Amazan, seu irmão. Mas, como já sentira em si própria a picadura dessa epidemia, como havia trocado a riqueza e as delícias de Babilônia pelo rei Cita, como as mulheres se interessam sempre pelas loucuras provocadas pela paixão, apiedou-se sinceramente de Formosante, desejou-lhe boa viagem e prometeu auxiliar seus amores se algum dia tivesse a sorte de rever o irmão.

Capítulo VI

A princesa de Babilônia e a fênix não tardaram a chegar ao reino dos cimérios,[1] bem menos povoado, na verdade, que o da China, mas duas vezes mais extenso. Outrora muito parecido com a Cítia, se tornara, desde certo tempo, tão florescente quanto os impérios que se gabavam de instruir os outros países.

Após alguns dias de marcha, entraram numa cidade[2] que a imperatriz reinante[3] estava embelezando. Mas a soberana não se encontrava ali, viajava das fronteiras da Ásia às da Europa, a fim de conhecer com os próprios olhos os seus Estados, avaliar os erros, remediá-los e propagar a instrução.

Um dos oficiais mais graduados dessa antiga capital, sabendo que a princesa e a fênix haviam chegado, apressou-se em lhes apresentar suas homenagens. Fez as honras da hospitalidade, certo de que a imperatriz, rainha polida e acolhedora, lhe ficaria grata por ter recebido tão grande dama com as mesmas distinções que ela própria teria prodigalizado.

Formosante foi alojada no palácio, de onde afastaram uma importuna multidão. Ofereceram-lhe festas engenhosas.

O oficial cimério, que era grande naturalista, conversou bastante com a fênix, enquanto a princesa descansava em seus aposentos. A fênix confessou-lhe que já viajara pela nação dos cimérios, mas não reconhecia mais nada:

---

1. A Rússia
2. Moscou.
3. Catarina II, que em maio de 1767 escrevia a Voltaire, de Kazan, na Ásia: "Vim verificar isto de perto".

— Como puderam realizar tão prodigiosas modificações em tempo tão curto? Há menos de trezentos anos, vi aqui a natureza selvagem em todo o horror: encontro agora a polidez, as artes, o esplendor, a glória.
— Um único homem[1] iniciou essa grande tarefa, que uma mulher terminou. Uma mulher se revelou legisladora mais avisada que a Ísis dos egípcios e a Ceres dos gregos. A maioria dos legisladores tinha mentalidade estreita e despótica, que restringia as possibilidades do país governado: cada qual considerava seu povo como único na terra, ou como inimigo de todos os outros. Formavam instituições, costumes e religião exclusivamente para ele. Foi assim que os egípcios, tão famosos devido a uns amontoados de pedras, se embruteceram e desonraram com bárbaras superstições, considerando profanas as outras nações, negando-se a ter qualquer comunicação com elas. Excetuando a corte, que algumas vezes passa por cima dos preconceitos vulgares, não existe um egípcio que coma em prato já usado por estrangeiro. Seus padres são cruéis e só ensinam absurdos. Melhor seria não ter leis, e escutar apenas a natureza, que gravou em nossos corações o sentimento do justo e do injusto, do que submeter a humanidade a leis tão insociáveis. Nossa imperatriz tem opiniões inteiramente opostas: considera que seu vasto domínio, dentro do qual todos os meridianos vêm encontrar-se, deve corresponder a todos os povos que habitam sob tão diferentes climas. A primeira de suas leis — tolerar todas as religiões, e compadecer-se de todos os erros. Sua poderosa inteligência compreendeu bem que, se os cultos são diferentes, por toda parte a moral é a mesma.

---

1. Pedro, o Grande.

Baseando-se neste princípio, ligou seu país a todas as nações do mundo: os cimérios olham os escandinavos e chineses como irmãos. E fez mais: quis que essa preciosa tolerância, primeiro traço de união entre os homens, fosse adotada pelos Estados vizinhos:[1] mereceu o título de mãe da pátria, e merecerá o de benfeitora do gênero humano, se perseverar. Antes dela, homens infelizmente poderosos mandavam bandos de guerreiros assolar povos desconhecidos. Chamavam heróis a esses assassinos, e glória a essa rapinagem. Nossa imperatriz tem outros méritos: põe em movimento os exércitos para levar a paz, para impedir que os homens se trucidem, para forçá-los a suportar-se uns aos outros; seus estandartes são apenas os da concórdia pública.

A fênix, encantada com tudo o que ouviu, disse:

— Senhor, há vinte e sete mil e novecentos anos e sete meses que vim ao mundo, e nada conheço comparável ao que acabais de me contar.

Pediu-lhe notícias do seu amigo Amazan, e o cimério narrou-lhe as mesmas coisas que haviam dito à princesa na China e na Cítia. Amazan fugia de todas as cortes assim que uma dama lhe marcava entrevista, temendo sucumbir.

A fênix apressou-se em transmitir a Formosante essa nova prova de fidelidade que lhe dava Amazan, mais espantosa ainda por não poder ele suspeitar que dela fosse informada a sua princesa.

Amazan já tinha partido para a Escandinávia. Foi nesse país que os espetáculos inéditos lhe chamaram a atenção. Lá subsistiam juntas, por acordo que parecia impossível em outros Estados, a realeza e a liberdade. Os agricultores tomavam parte nos trabalhos legislativos, ao lado dos grandes fidalgos. Um jovem príncipe[2] dava as maiores esperanças de guiar, com dignidade, uma nação livre. E havia fato mais estranho ainda: o único rei[3]

1. Os Poloneses.
2. Gustavo, filho de Adolfo-Francisco e de Luísa-Ulrica, príncipe da Prússia e rei da Suécia, mais tarde, sob o nome de Gustavo III.
3. Cristiano VII, rei da Dinamarca.

sobre a terra que tinha, por contrato formal, poder despótico sobre o povo, era ao mesmo tempo o mais jovem e o mais justo de todos os soberanos.

Na Sarmácia,[1] Amazan encontrou um filósofo[2] no trono. Poder-se-ia chamá-lo soberano da anarquia porque reinava sobre cem mil pequenos monarcas, cada qual tendo a faculdade de anular, com uma só palavra, todas as resoluções dos outros. Éolo não tinha tanto trabalho para conter todos os ventos, que se combatiam incessantemente, como o soberano da Sarmácia para conciliar todos os espíritos. Era um navio que, embora cercado por tempestade eterna, não naufragava: é que o príncipe era um piloto excepcional.

Percorrendo esses países tão diferentes da sua pátria, Amazan ia recusando sempre todas as oportunidades amorosas que se lhe apresentavam, sempre desesperado com o beijo que Formosante dera ao rei do Egito, firme sempre na resolução inconcebível de lhe oferecer o exemplo de uma fidelidade única e inabalável.

A fênix e a princesa de Babilônia acompanhavam-lhe a pista, sempre o perdendo por um dia ou dois, sem que ele se cansasse de andar, e sem que ela deixasse um momento de o seguir.

Atravessaram assim a Germânia. Admiraram os progressos que a razão e a filosofia tinham feito pelo norte: os príncipes eram todos instruídos, e todos davam liberdade de pensamento. Sua educação não fora confiada a homens que tivessem interesse em iludi-los, ou que fossem, por sua vez, iludidos. Haviam sido criados no co-

---

1. A Polônia.
2. Stanislas Poniatowski, eleito rei da Polônia a 6 de setembro de 1764.

nhecimento da moral universal, e no desprezo às superstições. Dos seus estados fora banido um uso insensato que encerrava e despovoava diversos países meridionais: enterrar vivos, em vastas prisões,[1] número infinito de seres dos dois sexos, eternamente separados, obrigando-os a jurar que nunca teriam relações uns com outros. Esse cúmulo de demência, durante séculos respeitado, devastava a terra tanto quanto as guerras.

Os príncipes do norte haviam compreendido, afinal, que, se desejamos ter uma coudelaria, não devemos separar as éguas dos garanhões mais fortes. Destruíram também erros não menos bizarros e perniciosos. Os homens, enfim, ousavam raciocinar naqueles vastos países, enquanto em outras plagas se pensava ainda que eles só podem ser governados quando imbecis.

Capítulo VII

Amazan chegou ao país dos batavos. Seu coração experimentou, mesmo dentro da mágoa, doce satisfação por encontrar ali uma débil imagem da feliz nação dos gangárides: igualdade, abundância, asseio, liberdade, tolerância. Mas as damas daquela região eram tão frias, que nem uma tentou fazer-lhe concessões, como em todos os outros lugares por onde viajara. Não teve, pois o trabalho de resistir. Se lhe interessasse possuir aquelas mulheres, era só subjugá-las sucessivamente, sem esperar que nenhuma lhe correspondesse. Mas, estava longe de querer fazer conquistas.

Formosante quase o alcançou nesse país insípido: foi questão do momentos, apenas.

1. Os Conventos.

Amazan ouvira os batavos elogiar tão calorosamente uma ilha chamada Albion, que para lá resolveu seguir. Enbarcou com os unicórnios num navio, que, tocado por vento favorável, o levou em quatro horas à costa dessa terra, mais célebre que a Atlântida e Tiro.

A bela Formosante, que lhe andava no encalço pelas margens do Divina, do Vístula, do Elba e do Veser, chegou afinal à desembocadura do Reno, cujas águas rápidas morriam então no mar germânico.

Soube que o seu amado vogava em direção à ilha de Albion. Olhando o mar julgou ver ainda o seu navio: soltou gritos de alegria, que surpreenderam as damas batavas, pois nunca supuseram que um homem pudesse proporcionar tal satisfação; quando à fênix, dela não fizeram grande caso, porque suas plumas, provavelmente, não se venderiam tão caro como as dos patos e gansos, habitantes dos brejos próximos. A princesa fretou dois navios para transportá-la, com todo o séqüito, àquela ilha afortunada, onde ia encontrar o único objeto dos seus desejos, a alma da sua vida, o deus do seu coração.

De súbito, um funesto vento soprou do ocidente, no momento preciso em que o desditoso Amazan pisava o solto da Albion. Os navios da princesa não puderam levantar ferros. Formosante viu-se assaltada por amarga apreensão, por melancolia profunda e dolorosa: refugiou-se no leito, esperando que o vento mudasse. Mas durante oito dias inteiros, conservou-se ele na mesma direção.

A princesa, nessa eternidade de oito dias, escutava romances lidos pela camareira. Não é que os batavos soubessem escrevê-los, porém, como fossem os abastecedores de todo o universo, vendiam o espírito das outras nações juntamente com as suas mercadorias.

Formosante mandou comprar, na casa Marc-Michel Rey, as histórias escritas pelo ausonianos[1] e welches[2], vendidas sagazmente nesses países para enriquecimento dos batavos. Esperou encontrar em tais narrativas algumas aventura semelhante à sua, que lhe sublimasse a dor. Irla fazia a leitura, a fênix dava opinião, e a princesa não achava, no "A Camponesa Enriquecida" nem no "O Sofá", nada que tivesse a menor relação com suas desditas. Interrompia a leitura a cada instante, para indagar de que lado o vento soprava.

Capítulo VIII

Enquanto isso, Amazan já estava a caminho da capital de Albion, no carro puxado por seis unicórnios, e sonhava com a sua princesa. Divisou uma equipagem caída num fosso. Os postilhões tinham-se fastado, à procura de socorro. O dono conservava-se tranqüilamente, dentro da equipagem, entretendo-se em fumar — pois já nesse tempo se fumava, — sem aparentar a menor impaciência: chamava-se milord *What-then*, o que significa, mais ou menos, milord *Que-importa?* Na língua para a qual traduzo estas memórias.

Amazan precipitou-se para auxiliá-lo. Sozinho, levantou a carruagem, tal era a superioridade de sua força sobre a dos outros. Milord Que-importa contentou-se em constatar:

— Eis um homem bem vigoroso.

Os camponeses dos arredores ficaram furiosos por terem sido chamados inutilmente, e culparam disso o estrangeiro, xingando-o de "cachorro". E tentaram espancá-lo.

---

1. Ausônia era a denominação poética que se dava à Itália.
2. Antigo nome dos celtas e gauleses.

Amazan segurou dois em cada mão, e, com um tranco, jogou-os a vinte passos. Os outros lavradores tomaram-se de respeito, e o saudaram, pedindo gorjeta: Amazan deu-lhes mais dinheiro do que tinham visto até então. Milord Que-importa disse a Amazan:
— Eu o aprecio. Venha jantar comigo na minha casa de campo, que fica apenas a três milhas daqui.
E subiu no carro de Amazan, porque o seu fora danificado pelo choque.
Depois de quinze minutos de silêncio, olhou rapidamente para Amazan, e perguntou:
— How do you do?
Que quer dizer, ao pé da letra: "Como faz você fazer?" e, na língua do tradutor. "Como vai você?" o que não significa nada, em nenhum idioma. Depois, acrescentou:
— O sr. possui seis belos unicórnios!
E continuou a fumar.

O viajante respondeu-lhe que os unicórnios o serviam, com eles viera do país dos gangárides; não perdeu essa oportunidade de falar na princesa de Babilônia, e no beijo fatal que ela dera no rei do Egito. O outro nada retrucou, pouco se lhe dando que houvesse no mundo um rei do Egito e uma princesa de Babilônia. Ficou sem falar novo quarto de hora, ao cabo do qual perguntou-lhe outra vez "como fazia ele fazer", e se se comiam bons *roast-beefs* no país dos gangárides. O viajante respondeu-lhe, com o polidez habitual, que às margens dos Ganges ninguém comia seus irmãos. Explicou-lhe o sistema filosófico que, depois de tantos séculos, foi adotado por Pitágoras, Porfírio e Jamblico. E com isso milord adormeceu, só acordando ao chegarem à sua casa.

Milord tinha uma esposa moça e encantadora, a quem a natureza havia dado alma tão sensível quanto a sua era indiferente. Muitos fidalgos da Albion lá estavam para o jantar. Encontravam-se ali temperamentos de toda espécie, porque o país fora governado quase sempre por estrangeiros, e estes príncipes, com suas famílias, haviam introduzido sucessivamente costumes bizarros. Na reunião viam-se pessoas agradáveis, outras de inteligência superior, e algumas profundas em ciências.

A dona da casa absolutamente não tinha esse jeito esquivo e duro, espelho de um falso pudor, de que então eram acusadas as moças de Albion; não escondia, com atitudes desdenhosas e silêncios afetados, a esterilidade de suas idéias e o humilhante embaraço de não saber que dizer: não existia mulher mais sedutora do que ela. Recebeu Amazan com a delicadeza e a afabilidade que lhe eram naturais. A extraordinária beleza do jovem estrangeiro, e a comparação que fez entre ele e o marido, a perturbaram sensivelmente.

Serviu-se o jantar. Amazan foi colocado junto à senhora da casa, que lhe ofereceu pudim de todo gênero, ao saber que os gangárides não se alimentavam de nada que houvesse recebido das mãos de Deus o celeste dom da vida. A beleza do rapaz, sua força, os costumes dos gangárides, o progresso das artes, a religião e os governos foram os temas da palestra, tão agradável quanto instrutiva, que mantiveram ao longo do jantar, durante o qual milord Que-importa bebeu muito e não falou nada.

Depois, enquanto milady servia o chá e devorava o belo jovem com os olhos, este conversava com um membro do parlamento, pois todos sabem que desde essa ocasião já existia um parlamento, que se chamava Wittenagemot, isto é, a "assembléia das pessoas avisadas". Amazan informava-se da constituição, dos usos, das leis, das forças, da moral, das artes, que tornavam tão

recomendável o país. O parlamentar lhe falava nestes termos:
   Durante muito tempo andamos nus, apesar do clima não ser quente. Fomos tratados como escravos por gente vinda da antiga terra de Saturno, regada pelas águas do Tibre[1] mas nós mesmos nos prejudicamos mais do que nos prejudicariam os nossos primeiros dominadores: um de nossos reis[2] chegou ao cúmulo da baixeza, declarando-se vassalo de um padre, que também vivia à beira do Tibre, chamado "o velho das sete montanhas". Parece que o destino dessas sete montanhas foi, longo tempo, dominar grande parte da Europa, então habitada por gente primitiva. Depois dessa época de aviltamento, vieram séculos de ferocidade e de anarquia. Nossa terra, mais tempestuosa do que os mares que a cercam, foi convulsionada e ensangüentada pelas discórdias. Inúmeras cabeças coroadas pereceram no último suplício. Mais de cem príncipes de sangue real acabaram seus dias no cadafalso, e foram arrancados os corações dos que os acompanhavam. Cabia ao carrasco escrever a história da nossa ilha, pois era ele quem terminava todos os casos importantes. Não faz muito tempo ainda, para cúmulo do horror, algumas pessoas de capote negros, e outras que usavam camisa branca por baixo da jaqueta,[3] tendo sido mordidas por cães raivosos, transmitiram a moléstia à nação inteira. Os cidadãos todos se tornaram ou assassinos ou vítimas, ou carrascos ou supliciados, ou depredadores ou escravos, em nome do céu e à procura do Senhor. Quem suporia que desse horrível abismo,

---

1. Os romanos.
2. João Sem Terra, que em 1213 declarou vassalagem ao Papa.
3. Os puritanos e os padres anglicanos.

desse caos de atrocidades, de dissenções, de ignorância e de fanatismo, surgisse o mais perfeito governo, talvez, que hoje existe no mundo? Um rei honrado e rico, todo-poderoso para fazer o bem, impotente para praticar o mal, dirige uma nação guerreira, livre, comerciante e esclarecida. Os nobres de um lado, e os representantes das cidades do outro, compartilham da legislação com o rei. Vimos a desordem, as guerras civis, a anarquia e a pobreza, por singular fatalidade, assolar o país quando os reis tinham poder arbitrário. A felicidade, a riqueza e o bem-estar público só começaram a existir quando os nossos monarcas reconheceram que não eram absolutos. Tudo era desordem, quando brigavam por coisas ininteligíveis: tudo entrou nos eixos quando se puseram a desprezá-las. Nossas frotas vitoriosas levam nossa glória a todos os mares, e as leis nos garantem o patrimônio: um juiz nunca as pode aplicar arbitrariamente: todas as decisões têm que ser fundamentadas. Puniríamos, como assassinos, os juízes que ousassem mandar matar um cidadão sem manifestar os fatos que o acusam e sem citar a lei que o condena. É verdade que há sempre dois partidos, que se combatem com escritos e intrigas: mas todos se reúnem quando se trata de empunhar armas para defender a pátria e a liberdade. Esses dois partidos vigiam-se reciprocamente, um impedindo o outro de violar a sagrada sentinela da lei: detestam-se, mas amam o Estado: são dois rivais ciumentos, pressurosos no servir à mesma amante. A mesma orientação com que descobrimos e sustentamos os direitos da humanidade, nos fez elevar as ciências ao mais alto grau que possam alcançar neste mundo. Os egípcios, que passam por grandes mecânicos, os indianos, que se julgam profundos filósofos, os babilônicos, que se gabam de ter observado os astros durante quatrocentos e trinta mil anos, os gregos, que escreveram tantas frases para dizer pouca coisa, não sabem absolutamente nada, comparados aos nossos mais lerdos estudantes, que se guiam pelas descobertas dos nossos maiores sábios. Arrancamos da natureza, em cem anos, segredos muito maiores que os descobertos pelo gênero humano durante séculos[1]. Esta é a verdadeira situação em que nos encontramos. Não ocultei nem o bem, nem o mal, nem os opróbrios, nem a glória. E não exagerei coisa alguma.

Amazan, ao escutá-lo, sentiu vontade de aprender as sublimes ciências de que lhe falavam. E, se a paixão pela princesa de Babilônia, o respeito filial à mãe, que abandonara, e o amor à pátria não lhe tivessem falado energicamente ao coração, teria desejado passar a vida inteira na ilha de Albion. Mas aquele funesto beijo, que a sua princesa dera no rei do Egito, não lhe concedia liberdade ao espírito para estudar as altas ciências:

— Confesso-vos que, tendo resolvido correr o mundo e evitar-me a mim mesmo, sinto curiosidade de conhecer essa antiga terra de Saturno, esse povo do Tibre e das sete montanhas, ao qual já obedecestes outrora: deve ser, naturalmente, o primeiro do mundo.

— Recomendo-vos essa viagem, mesmo que aprecieis mediocremente a música e a pintura. Nós mesmos arrastamos muitas vezes nosso tédio até às sete montanhas. Mas ficareis bem espantado, ao ver os descendentes dos nossos antigos dominadores!

Foi longa a palestra. Amazan, embora tivesse o cérebro um tanto perturbado, falou tão encantadoramente,

---

[1]. Alusão às descobertas de Halley e de Newton.

com voz tão sugestiva e modos tão nobres e delicados, que milady não resistiu ao desejo de conversar a sós com ele. Apertou-lhe carinhosamente a mão durante a conversa, fitando-o com olhos úmidos e brilhantes, que levavam fogo a todas as molas vitais. Reteve-o para cear e para dormir. Cada instante, cada olhar, cada palavra lhe inflamara a paixão.

Assim que todos partiram, escreveu-lhe um bilhetinho, esperando que Amazan viesse fazer-lhe a corte na cama, enquanto milord Que-importa roncasse na sua.

Amazan ainda esta vez teve a coragem de resistir: tais são os miraculosos efeitos produzidos, em alma forte e profundamente magoada, por uma migalha de loucura!

Conforme o costume, Amazan respondeu-lhe respeitosamente, explicando a santidade do seu juramento, e a severa missão que se impusera, de ensinar à princesa de Babilônia o domínio das paixões. Em seguida mandou atrelar os unicórnios e voltou para a Batávia, deixando todos maravilhados, e milady fora de si. No auge do desespero, perdeu a carta de Amazan, que milord encontrou e leu na manhã seguinte. Levantando os ombros, murmurou ele:

— Quanta tolice!

E foi caçar raposas com os beberrões dos arredores.

Amazan vogava em alto mar, munido de uma carta geográfica oferecida pelo culto albionense com quem palestrara em casa de milord Que-importa. Com surpresa, via grande parte da terra sobre uma folha de papel. Perdia os olhos e a imaginação por esse pequeno espaço: enxergava o Reno, o Danúbio, os Alpes do Tirol, marcados então com outros nomes, e todos os países por que passaria antes de chegar à cidade das sete montanhas; mas, principalmente, olhava a região dos

Gangárides, Babilônia, onde vira a sua adorada princesa, e a fatal Bassorá, onde ela dera um beijo no rei do Egito. Suspirava, chorava, mas convinha em que o albionense, que lhe presenteara o universo resumido, não errava ao julgar os habitantes das margens do Tâmisa mais instruídos que os das bordas do Nilo, do Eufrates e do Ganges.
Quando voltava para a Batávia, Formosante se dirigia para a Albion nos seus dois navios, que velejavam a todo o pano. Os barcos de Amazan e de Formosante cruzaram-se, quase se tocaram: os dois amantes estiveram perto um do outro, sem o suspeitar.
Ah! se o tivessem sabido! Mas o impiedoso destino não permitiu que assim fosse.

Capítulo IX

Logo depois de desembarcar no solo plano e lamacento da Batávia, Amazan partiu como um raio para a cidade das sete montanhas[1]. Teve que atravessar a parte meridional da Germânia onde encontrou, de quatro em quatro milhas, novos soberanos e soberanas, damas de honor e mendigos. Espantou-se muito de ver os requebros que, com a boa fé germânica, por toda parte lhe faziam essas damas de honor, e aos quais respondia por pudibundas recusas.

Depois de haver transposto os Alpes, embarcou no mar da Dalmácia, e chegou a uma cidade que não se parecia com coisa alguma do que vira até então: o mar formava as ruas, e as casas eram construídas na água. As raras praças públicas da cidades viviam cheias de homens

---

1. Roma.

e mulheres de duas caras: a que a natureza lhes dera, e outra de cartão mal pintado, que aplicavam por cima da primeira. A nação parecia formada por espectros. Os estrangeiros que passavam pelo país tratavam logo de comprar um rosto, como em outros lugares se forneciam de sapatos ou gorros. Amazan, desdenhando essa moda contra a natureza, apresentou-se tal qual era.

Havia na cidade doze mil mulheres registradas no grande livro da república, todas úteis ao Estado, incumbidas do mais agradável e lucrativo comércio que já tenha enriquecido uma nação. Os negociantes comuns enviavam, com enormes perigos e despesas, mercadorias para o Oriente, ao passo que essas adoráveis comerciantes faziam, sem risco algum, o tráfico sempre florescente dos seus encantos. Vieram, reunidas, oferecer-se à escolha do belo Amazan. O gangáride, fugiu lestamente pronunciando o nome da incomparável princesa de Babilônia, e jurando pelos deuses imortais ser ela mais formosa do que todas as doze mil cortesãs venezianas:

— Sublime brejeira! Ensinar-te-ei a ser fiel!

Afinal, apresentaram-se aos seus olhos as ondas barrentas do Tibre, e paludes empestados; os raros habitantes, macilentos, esqueléticos, cobertos por velhas capas esburacadas que deixavam enxergar a pele seca e curtida, lhe disseram estar à porta da cidade das sete montanhas, dessa cidade de legisladores e de soldados, conquistadores e soberanos de grande parte do globo.

Amazan imaginara encontrar, à porta triunfal, quinhentos batalhões comandados por heróis, e, no senado, uma assembléia de semideuses dando leis à Terra: encontrou, como único exército, uma trintena de maltrapilhos fazendo sentinela debaixo de guarda-sóis, por medo de se queimar. Tendo penetrado num templo que lhe pareceu bonito, mas bem menos que o de Babilônia, ficou surpreso ao escutar ali certa música, executada por homens de voz feminina:

— Que país estranho, este da antiga terra de Saturno! Vi uma cidade onde ninguém usava o rosto, e eis aqui outra em que os homens não têm a voz própria nem barba.

Informaram-no de que esses cantores já não eram mais homens, pois haviam sido despojados da sua virilidade para poderem celebrar, de maneira mais agradável, louvores a uma prodigiosa quantidade de pessoas de valor. Amazan não entendeu o que queriam com isso. Pediram-lhe que cantasse. Cantou, com a graça habitual, uma canção gangáride. Sua voz era muito bonita, de timbre abaritonado. Todos exclamaram:

— Ah! o senhor daria um soprano delicioso!...

— Vamos, digam!

— Se o senhor não tivesse barba...

E explicaram-lhe então, de maneira cômica e transbordante de gestos expressivos, de que se tratava. Amazan ficou perplexo:

— Tenho viajado bastante, e nunca ouvi falar em semelhante fantasia!

Depois de terem cantado suficientemente, o velho das sete montanhas foi, acompanhado por grande cortejo, até à porta do templo. Cortou o ar em quatro com o polegar alçado, dois dedos esticados e os outros dois fechados, dizendo estas palavras, numa língua que já não se falava mais:

— À cidade e ao universo![1]

O gangáride não podia compreender como é que dois dedos alcançavam tão longe. Logo depois, viu desfilar

---

1. Urbi et orbi.

toda a corte do senhor do mundo. Compunha-se de personagens graves, uns de vermelho, outros de roxo. Quase todos fitavam o belo Amazan com olhos sensuais e lhe faziam reverências, sussurrando-se uns aos outros:

— San Martino, che bel ragazzo!

— San Pancrazio, che bel fanciullo!

Os *ardens*,[1] cuja profissão consistia em mostrar aos estrangeiros as curiosidades da cidade, se apressaram em levá-lo a certas ruínas, que haviam sido outrora dignos monumentos da grandeza de um povo-rei, mas onde, agora, nem mesmo um arrieiro teria coragem de passar a noite. Viu quadros de duzentos anos, e estátuas de mais de vinte séculos, que lhe pareceram verdadeiras obras-primas. Perguntou-lhes:

— Ainda sabeis fazer semelhantes maravilhas?

— Não, Excelência, mas desprezamos o resto da terra porque conservamos essas raridades. Somos como belchiores: tiramos nossa glória das roupas velhas que foram ficando.

Amazan quis conhecer o palácio do príncipe. Lá encontrou homens de roxo contando o dinheiro das rendas do Estado: tanto de uma região próxima ao Danúbio, tanto de certa outra das cercanias do Loire, ou do Guadalquivir ou do Vístula. Depois de consultar um mapa geográfico, Amazan exclamou:

— Ah! Ah! Vosso amo, pelo que vejo, possui toda a Europa, exatamente como dantes os antigos heróis das sete montanhas...

— Por direito divino, deveria possuir a terra inteira. Houve certa época em que um dos seus predecessores

---

1. Da ordem de Santo Antônio.

chegou quase a realizar a monarquia universal. Mas os que vieram depois contentaram-se generosamente em receber, como tributo, apenas o dinheirinho que os reis dos seus súditos lhe passam.

— Vosso amo, então, é o rei dos reis? É esse o seu título?

— Não, Excelência. Seu título é o *servidor dos servidores*. Primitivamente, era ele pescador e porteiro,[1] e por isso o emblema das suas dignidades é composto de chaves e redes. Mas dá sempre ordens a todos os soberanos. Não faz muito tempo ainda, mandou cento e uma determinações ao rei dos celtas,[2] e o rei lhe obedeceu.

— O vosso pescador deve ter enviado, no mínimo, quinhentos ou seiscentos mil homens para executar as suas cento e uma vontades, não?

— Absolutamente, Excelência. Nosso amo não tem dinheiro bastante para assalariar nem dez mil soldados. Mas tem, distribuídos por todos os países, quatrocentos ou quinhentos mil profetas divinos. Esses profetas, como é justo, vivem à custa dos povos, anunciando, da parte do céu, que nosso amo pode abrir e fechar qualquer fechadura com as suas chaves, e principalmente a dos cofres fortes. Um padre normando,[3] que ocupa, junto a esse rei, o cargo de confidente dos seus pensamentos, o convenceu de que devia obedecer sem replicar às cento e uma determinações do nosso amo. Por que é preciso que Vossa Excelência saiba, uma das prerrogativas do velho das sete montanhas é ter sempre razão, quando se digna de falar, ou se digna de escrever.

---

1. Alusão a São Pedro.
2. Alusão à bula *Unigenitus*, lançada em 1713 por Clemente XI contra as "Reflexões Morais" do padre Quesnel.
3. O padre Letellier, confessor de Luís XIV.

— Caspité! Que homem engraçado! Gostaria bem de jantar com ele.

— Vossa Excelência, mesmo que fosse rei, não poderia comer à sua mesa: o mais que ele poderia fazer seria oferecer-lhe refeição em mesa próxima, menor e mais baixa do que a sua. Mas, se desejar ter a honra de conversar com ele, posso pedir-lhe uma audiência, mediante a *buona mancia* que Vossa Excelência terá a gentileza de me dar.

— Pois não.

O homem de roxo inclinou-se:

— Vossa Excelência será introduzido amanhã. Fará três genuflexões e beijará os pés do velho das sete montanhas.

Ao escutar estas palavras, Amazan soltou tais gargalhadas que quase teve uma sufocação. Saiu segurando a ilharga, e riu até chorar durante todo o caminho. Ao chegar à hospedaria, riu ainda longo tempo.

Quando foi hora de jantar, apresentaram-se vinte indivíduos sem barba, e vinte violinistas que lhe dedicaram um concerto. Durante o resto do dia, foi cortejado pelos mais importantes senhores da cidade, que lhe fizeram propostas ainda mais singulares do que a de beijar os pés ao velho das sete montanhas. Como fosse extremamente polido, pensou, a princípio, que esses cavalheiros o tomassem por mulher, e procurou dissuadi-los dessa crença com a mais circunspecta lealdade. Mas, havendo dois ou três sujeitos de roxo, mais atirados, instado vivamente, jogou-os pelas janela, sem pensar que estivesse fazendo grande sacrifício à bela Formosante. Abandonou o mais rapidamente que pôde essa cidade dos senhores do mundo, onde era preciso beijar um velhote no artelho, como se ele tivesse a face no pé, e onde abordavam os rapazes com cerimônias mais bizarras ainda.

Capítulo X

De província em província, repelindo provocações de toda espécie, fiel sempre à princesa de Babilônia, sempre encolerizado contra o rei do Egito, esse modelo de constância chegou à nova capital dos gauleses[1]. A cidade havia passado, como tantas outras, por todos os graus da barbárie, da ignorância, da obscenidade e da miséria. Seu primeiro nome havia sido *lama e excremento*,[2] em seguida, chamara-se Ísis, por causa do culto à deusa do mesmo nome, que fora levado até ali. O primeiro senado que tivera fora uma reunião de barqueiros. Durante muito tempo havia sido escrava dos heróis depredadores das sete montanhas, e alguns séculos após, outros heróis salteadores, vindos da margem ulterior do Reno, se haviam apoderado do seu pequeno território.

O tempo, que tudo transforma, dela fizera uma cidade partida em duas metades: uma nobre e agradável, outra um tanto ridícula e grosseira: era esse o emblema dos seus habitantes. Em seu recinto viviam cem mil pessoas, no mínimo, que, além de festas e jogos, nada mais tinha que fazer. Essa população ociosa julgava as artes cultivadas pelos outros, nada sabia do que se passava na corte, situada a apenas quatro milhas, como se ela ficasse a seiscentas milhas de distância ou mais. A afabilidade, a alegria e a frivolidade das reuniões era a sua única e importante ocupação. Governavam-na como se composta de crianças, a quem se dão brinquedos para que não chorem. Se se lhe falasse nos horrores que, um século an-

---

1. Sião fora a antiga capital, antes de Paris.
2. Lutetia, de lutum, lama.

tes, haviam assolado a pátria, e nos tempos horríveis em que metade da nação massacrara a outra por sofismas idiotas, diria que, com efeito, aquilo não fora muito correto, e, depois disso, se poria a rir e a cantar modinhas.

Observava-se triste contraste entre esses ociosos, polidos e amáveis, e uma quantidade de sujeitos cheios de ocupação. Entre estes ocupados, ou que pretendiam sê-lo, havia uma caterva de fanáticos sombrios, meio disparatados, meio velhacos,[1] cuja presença bastava para contristar a terra, e que teriam-na transtornado, para obter realce, se o pudessem. Mas a população ociosa, dançando e cantando, os fazia voltar para suas cavernas, como os pássaros obrigam as corujas a refugiar-se nas fendas dos pardieiros.

Outros ocupados, em menor número, eram os conservadores de antigos usos bárbaros, contra os quais a natureza, revoltada, gritava em altos brados; viviam consultando registros roídos pelos vermes[2]. Se aí encontravam algum costume insensato e horrendo, consideravam-no como lei sagrada. Devido a esse hábito de não ousar pensar por si própria, e de buscar idéias nos despojos de épocas em que não se raciocinava, havia ainda na cidade dos prazeres certos costumes atrozes. Por essa razão as penas não eram proporcionais aos delitos. Inúmeras vezes, obrigava-se um inocente a sofrer mil mortes para confessar o crime que não cometera[3].

Punia-se tanto uma leviandade de rapaz como um envenenamento ou como um parricídio. Os ociosos soltavam gritos pungentes, e no dia seguinte se esqueciam do fato, conversando sobre as novas modas.

1. O clero.
2. O parlamento.
3. Alusão ao suplício de LaBarre.

Esse povo assistira ao escoamento de um século inteiro em que as belas-artes se elevaram a um grau de perfeição jamais esperado. Os estrangeiros vinham então, como em Babilônia, admirar os grandes monumentos arquitetônicos, os jardins prodigiosos, os sublimes esforços da escultura e da pintura. Ficavam encantados com a música, que ia até à alma sem causar espanto ao ouvido.

A verdadeira poesia, a que é natural e harmoniosa, a que fala tanto ao espírito quanto ao coração, só foi conhecida pela nação nesse século feliz. Novos gêneros de eloqüência revelaram sublimes belezas. Os teatros, principalmente, ressoaram, com obras-primas nunca igualadas por outros países. O bom-gosto, enfim, espalhou-se, por todas as profissões, de tal forma que até os druídas[1] eram bons escritores.

Tantos louros, depois de haverem levantado a cabeça até às nuvens, secaram logo no solo exaurido. Apenas alguns conservavam as folhas de um verde pálido e desmaiado. A decadência surgiu devido à facilidade de fazer e à preguiça de bem fazer, à fartura do belo e à tendência para o bizarro. A vaidade protegia artistas que ressuscitavam os tempos de barbárie, e perseguia os talentos verdadeiros, forçando-os a abandonar a pátria: os zangões expulsavam as abelhas.

A verdadeira arte ia desaparecendo, não se encontravam mais talentos. O único valor consistia em raciocinar a torto e a direito sobre o valor do século passado: qualquer borrador de paredes de botequim criticava doutamente os quadros dos grandes pintores: os escrevinhadores desfiguravam as obras dos grandes au-

---

1. Sacerdotes gauleses. Alusão aos escritores sacros da França, como Bossuet, Fénelon, Bourdaloue, Fléchier.

tores. A ignorância e o mau gosto tinham a seu serviço outros tantos beleguins. Repetiam-se as mesmas coisas em cem volumes de títulos diferentes. Tudo era ou dicionário ou folheto. Um jornalista druida escrevia, duas vezes por semana, os anais obscuros de alguns energúmenos desconhecidos à nação, e certos prodígios celestes operados dentro de cela por maltrapilhos e maltrapilhas. Outros ex-druídas,[1] vestidos de negro, quase morrendo de fome e de cólera, se queixavam, em cem escritos, de não lhes ser mais permitido enganar os homens, e de se ter dado esse direito a uns bodes vestidos de cinzento. Alguns arquidruídas publicavam libelos difamatórios[2].

Amazan não entendia nada disso. E mesmo que entendesse, em nada o preocuparia, porque tinha a cabeça tomada pela princesa de Babilônia, pelo rei do Egito, e pelo seu juramento inviolável de desdenhar os favores de todas as damas em todos os países por onde a mágoa lhe conduzisse os passos.

Toda a populaça fútil, ignorante e sempre levando ao extremo a curiosidade, já tão natural no gênero humano, ficou longo tempo em torno dos unicórnios. As mulheres, mais espertas, forçaram as portas dos seus aposentos para contemplá-lo de perto.

Amazan mostrou vontade de conhecer a corte. Mas alguns ociosos da boa vida, que lá estavam, lhe disseram que isso já saíra da moda, que os tempos eram outros, e que só se encontravam prazeres na cidade. Foi convidado, naquele noite mesmo, para cear em casa de uma dama,

---

1. Os ex-jesuítas.
2. Alusão a Christophe de Beaumont, Montillet, etc.

cujo espírito e talentos eram conhecidos até fora da sua pátria, e que viajara por alguns países por onde ele havia passado[1]. O gangáride apreciou imensamente a dama e todos os convivas. Nessa reunião a liberdade era decente, a alegria não era barulhenta, a ciência nada tinha de árida, e não era forçado o espírito. Viu que "sociedade distinta" não é um nome vão, embora seja freqüentemente usurpado.

No dia seguinte jantou em companhia igualmente agradável, mas muito mais voluptuosa. Tanto gostou dos convivas quanto estes o apreciaram. Sentiu o coração amolecer e dissolver-se como os aromas do seu país quando, em fogo moderado, se derretem mansamente exalando perfumes deliciosos.

Depois do jantar, levaram-no a um espetáculo encantador, condenado pelos druidas porque lhes roubava os ouvintes mais preciosos. Compunha-se o espetáculo de versos agradáveis, de cantos adoráveis, de danças que exprimiam os movimentos da alma, e de perspectivas que fascinavam os olhos, iludindo-os. Esse gênero de divertimento, que reunia tantos outros, era conhecido por um nome estrangeiro, *ópera*, que significava antigamente na língua das sete montanhas: *trabalho, cuidado, ocupação, indústria, empresa, tarefa, negócio*. O negócio o encantou. Uma atriz, principalmente, o atraiu, pela sua voz melodiosa e pelos atributos que a voz acompanhavam. Esta rapariga do negócio lhe foi apresentada, depois do espetáculo, pelos seus novos amigos. Amazan deu-lhe de presente um punhado de diamantes. Ela ficou tão agradecida que não pôde largá-lo o resto do dia. Ce-

---

1. Mme. Geoffrin.

aram juntos, e, durante a refeição, ele esqueceu a sobriedade: depois, esqueceu também a sua jura de ser sempre insensível à beleza e indiferente às doces provocações. Que exemplo da fraqueza humana! A bela princesa de Babilônia chegava nessa ocasião com a fênix, com a camareira Irla e com os duzentos cavaleiros gangárides montados em unicórnios. Teve que esperar bastante tempo para que abrissem as portas. Perguntou, imediatamente, se o mais belo, o mais corajoso, o mais espiritual e o mais fiel dos homens ainda estava na cidade. Os magistrados logo viram que se tratava de Amazan. Levaram-na ao seu palácio. A princesa entrou, com o coração palpitante de amor. Trazia a alma inteira iluminada pela inexprimível alegria de afinal rever o amante, modelo de constância. Nada a impediu de entrar no quarto dele. O cortinado estava aberto: viu o belo Amazan dormindo nos braços de uma linda morena. Ambos tinham enorme necessidade de repouso.

    Formosante soltou um grito de dor, que ressoou por toda a casa, mas que não pôde acordar nem o seu primo, nem a rapariga. Desmaiada, caiu nos braços de Irla. Assim que recobrou os sentidos, abandonou aquele quarto fatal com raiva e tristeza ao mesmo tempo. Irla perguntou quem era a linda felizarda que passava horas tão doces com o belo Amazan. Informaram-na de que era uma rapariga bastante acessível, que aliava aos seus primores o de cantar graciosamente.

    — Oh! Céus! Oh! Poderoso Ormuz! Por quem fui eu traída, e com quem! Assim, aquele que recusou tantas princesas por minha causa, me abandona por uma farsante das Gálias? Não, não poderei sobreviver a tal afronta.

    Irla procurou consolá-la:

    — Senhora, são assim todos os jovens, de um a outro extremo do mundo: mesmo apaixonados por uma beleza caída dos céus ser-lhe-iam infiéis, em certos momentos, até com empregadas de taberna.

— Está resolvido, Irla, nunca mais o verei; mande atrelar os unicórnios, partiremos imediatamente.

A fênix pediu-lhe para esperar, ao menos, que Amazan acordasse e pudesse falar-lhe.

— Ele não merece essa atenção. E depois, poderia pensar que eu vos pedi que lhe fizesse censuras, ou que me quero reconciliar com ele: se sois minha amiga, não acrescenteis esta injúria à que ele já me fez.

A fênix, afinal de contas, devia a vida à filha do rei de Babilônia, não lhe pôde desobedecer. A princesa partiu, com todo o séqüito. Irla perguntou:

— Para onde vamos, princesa?

— Não sei ainda. Tomaremos o primeiro caminho que encontrarmos. Conquanto que me afaste de Amazan para sempre, ficarei contente.

A fênix, mais sensata do que Formosante, porque não estava apaixonada, a foi consolando pelo caminho. Mostrou-lhe que era injusto punir-se pelos erros dos outros, que Amazan lhe dera provas bastante numerosas e notórias de fidelidade para lhe ser perdoado um único deslize, que ele era um justo a quem havia faltado a graça de Ormuz, que isso ainda o faria mais constante no amor e na virtude, que o desejo de expiar a sua falta o elevaria acima de si mesmo, que nem por isso ela deixaria de ser feliz, que muitas princesas antes dela haviam perdoado deslizes semelhantes e se tinham dado otimamente. Ilustrou-a com exemplos, e de tal forma soube falar, que o coração de Formosante se foi acalmando pouco a pouco. A princesa começou a desejar não ter partido tão depressa, e a achar que os unicórnios corriam demais. Não ousava, no entanto, voltar atrás. Indecisa entre a vontade de perdoar e a de exibir sua cólera, entre o amor e a vaidade, ia deixando os unicórnios galopar. Percorria o mundo, conforme a predição do oráculo de seu pai.

Amazan, ao despertar, soube da chegada e da partida de Formosante com a fênix; contaram-lhe o desespero e a cólera da princesa, que jurara nunca mais lhe perdoar. Exclamou:

— Só uma coisa me resta: segui-la e matar-me a seus pés.

Os seus amigos da vida ociosa acorreram ao rumor dessa aventura. Todos lhe disseram que seria muito melhor se ficasse com eles, que nada tão bom quanto a vida macia, passada entre artes e delicadas, tranqüilas voluptuosidades; que inúmeros estrangeiros, reis até, haviam preferido esse repouso, tão agradavelmente ocupado e tão encantador, à própria pátria e ao trono, que o seu carro se quebrara e que um seleiro lhe estava fazendo outro à última moda, que o melhor alfaiate da cidade já lhe havia cortado uma dúzia de trajes no melhor estilo, que cada uma das mais espirituosas e acolhedoras senhoras da sociedade, em casa de quem se representavam esplêndidas comédias, já tinha marcado dia para lhe oferecer sua festa. A rapariga do negócio, enquanto isso, tomava chocolate ao fazer o toucado, ria, cantava e fazia afagos ao belo Amazan, que só então percebeu não ter ela mais inteligência do que um pato.

Como a sinceridade, a cordialidade, a franqueza, a magnanimidade e a coragem formassem o caráter desse grande príncipe, tinha ele contado aos amigos as suas desventuras e as suas viagens. Todos sabiam que era primo segundo de Formosante, estavam informados sobre o funesto beijo que ela dera no rei do Egito. Disseram-lhe:

— Entre parentes, são perdoáveis essas travessuras, sem o que se viveria eternamente brigando.

Nada o demoveu da sua resolução de seguir no encalço de Formosante. Mas como não estivesse pronto o carro, foi obrigado a passar três dias entre os ociosos, em festas e divertimentos. Afinal, despediu-se deles com beijos, oferecendo-lhes os melhores diamantes do seu país, e recomendando-lhes que fossem sempre frívolos e levianos, porquanto isso os tornava ainda mais amáveis e felizes. Confessou-lhes:

— Os germanos são os velhos da Europa; os povos de Albion, seus homens feitos; os habitantes da Gália, suas crianças. E eu adoro brincar com elas!

Capítulo XI

Os guias não tiveram grande trabalho para encontrar a pista da princesa: por toda parte só se falava nela e no seu pássaro. Todos os habitantes estavam ainda cheios de admiração e entusiasmo. As populações da Dalmácia e de Ancona experimentaram mais tarde surpresa bem menor quando viram uma casa voar pelos ares[1]. As margens do Loire, do Garonna, do Doronha, do Gironda, vibravam ainda com as aclamações.

Quando Amazan chegou ao pé dos Pirineus, os magistrados e os druidas do país obrigaram-no contra a vontade, a dançar com um pandeiro; mas, assim que transpôs os Pirineus, não viu mais alegria nem bom humor. Se, de longe em longe, ouviu algumas canções, eram todas tristes. Os habitantes caminhavam gravemente, con-

---

1. Dizia a lenda que de Nazaré foi transportada para a Dalmácia, em 1921, a casa da Virgem, que atualmente se acha em Loreto.

79

tando uns grãos enfiados, e traziam punhais na cintura. A nação, vestida de negro, parecia enlutada. Se os servos de Amazan interrogavam os passantes, estes respondiam por sinais; se entravam numa hospedaria, o proprietário explicava, em três palavras, que não havia nada na casa, e que se poderia procurar a algumas milhas as coisas de que se tinha necessidade premente.

Quando se perguntava a esses silenciários se tinham visto passar a princesa de Babilônia, já não respondiam tão laconicamente:

— Nós a vimos, não é tão bela assim nada tão formoso como os tipos trigueiros. Ela ostenta um colo de alabastro que é a mais repugnante coisa deste mundo, e que quase não se conhece por estas bandas.

Amazan avançava em direção à província banhada pelo Betis[1]. Ainda não fazia doze mil anos que esse país fora descoberto pelos tírios, na mesma época em que descobriram a grande ilha Atlântida, submergida alguns anos após. Os tírios cultivaram a Bética,[2] que os naturais do país deixavam abandonada, achando que não se deviam importar com coisa alguma, e que cabia aos gauleses, seus vizinhos, vir cultivar as suas terras.

Os tírios haviam trazido consigo palestinos, que, desde esse tempo, vagavam por todos os climas, mesmo havendo pouco dinheiro a ganhar. Esses palestinos, emprestando sobre penhor a cinqüenta por cento, tinham ficado, pouco a pouco, com todas as riquezas do país. Isso fez com que os povos da Bética os julgassem feiticeiros. E todos os acusados de magia eram queimados sem misericórdia por uma companhia de druidas. Este

---

1. O Guadalquivir.
2. A Espanha, e especialmente a Andaluzia.

padres, conhecidos pelo nome de *inquiridores* ou *anthropokaïes*, os cobriam primeiramente com um hábito de máscara, apoderavam-se dos seus bens e recitavam devotamente as próprias rezas dos palestinos, enquanto os cozinhavam a fogo lento *por amor de Dios*.

A princesa de Babilônia parara na cidade que se chamou mais tarde Sevilha. Seu intuito era embarcar no Betis para voltar, por Tiro, a Babilônia, rever o rei seu pai e esquecer, se lhe fosse possível, o amante infiel, ou então pedi-lo em casamento. Mandou chamar dois palestinos, que faziam todos os negócios da corte, para que lhe fornecessem três navios. A fênix combinou com eles todas as providências necessárias.

A dona da casa em que estava hospedada era muito devota, e o marido, não menos devoto, era familiar, quer dizer, espião dos druidas inquiridores anthropolaïes. Não deixou de comunicar a estes que havia em seu lar uma feiticeira e dois palestinos que faziam pacto com o demônio, disfarçado em grande pássaro dourado. Os inquiridores, ao saber que a dama tinha uma prodigiosa quantidade de diamantes, declararam-na imediatamente feiticeira. Esperaram a noite para aprisionar os duzentos cavaleiros e os unicórnios, que dormiam em vastas estrebarias, porque os inquiridores são poltrões.

Depois de terem barricado as portas, se apoderaram de Irla e da princesa. Mas não puderam pegar o pássaro, que partiu a vôo, pois sabia bem que poderia encontrar Amazan no caminho das Gálias para Sevilha.

Topou com ele na fronteira da Bética e contou-lhe o que sucedera à princesa. Amazan nem pôde falar, de tanto ódio, de tanto furor. Armou-se de uma couraça lavrada em ouro, de uma lança de doze pés, de dois dardos e de uma espada, *la fulminante*, que podia fender árvores, rochedos e druidas com um só golpe. Cobriu a formosa cabeça com um elmo de ouro encimado por plumas de garça e de avestruz. Era a antiga armadura de Magog, que lhe presenteara sua irmã Aldéia quando passou pela Cítia. Os poucos homens que o acompanhavam montaram, como ele, em unicórnios.

Amazan, beijando a querida fênix, disse-lhe estas palavras tristonhas:

— Sou culpado. Se eu não tivesse pernoitado com aquela rapariga do negócio na cidade dos ociosos, a linda princesa de Babilônia não estaria em tão lamentável situação. Vamos aos anthropokaïes!

Logo entrou em Sevilha. Quinhentos alguazis guardavam as portas do recinto em que estavam fechados, sem comer nem beber, os duzentos gangárides com seus unicórnios. Tudo estava preparado para o sacrifício que se ia fazer da princesa de Babilônia, da camareira Irla, e dos dois ricos palestinos.

O grande anthropokaïe, cercado pelos pequenos anthropokaïes, já se achava no tribunal sagrado. Sevilhanos em multidão, carregando na cintura contas enfiadas, uniam as mãos sem nada dizer, enquanto Formosante, Irla e os dois palestinos, cobertos por hábitos com máscaras, eram empurrados com os braços presos atrás das costas.

A fênix entrou por uma trapeira na prisão onde os gangárides já começavam a arrombar as portas. Por fora, o invencível Amazan as derrubava. Saíram todos armados, cavalgando os unicórnios. Amazan pôs-se à frente deles, e não tiveram dificuldade em abater os alguazis, os familiares, os padres anthropokaïes. Cada unicórnio furava dúzias de uma só vez. A *fulminante* de Amazan cortava em dois todos os que encontrava. O povo fugia, com suas capas negras, gargantilhas sujas e rosários bentos por *amor de Dios*.

Amazan tirou com as próprias mãos o grande inquiridor do tribunal e lançou-o à fogueira, que estava preparada a quarenta passos: para lá mandou também os outros pequenos inquiridores, um após outro. Prosternouse, em seguida, aos pés de Formosante, que lhe disse:

— Ah! como sois encantador, e como eu o adoraria se não me tivésseis traído com uma moça de negócio!

Enquanto Amazan fazia as pazes com a princesa, enquanto os gangárides amontoavam os corpos de todos os anthropokaïes em cima da fogueira, e as chamas subiam até os céus, Amazan viu que ao longe uma espécie de exército vinha em sua direção. Era um velho monarca, de coroa na cabeça, que avançava num carro puxado por oito mulas atreladas em cordas. Cem outros carros vinham atrás, acompanhados por graves personagens de roupões pretos com gargantilha, montados em belos cavalos. Uma quantidade de gente a pé também vinha, silenciosa, com os cabelos engordurados de suor.

Amazan dispôs os gangárides em seu redor e avançou de lança em riste. Assim que o rei[1] o viu, tirou a coroa da cabeça, desceu do carro, beijou o estribo de Amazan e lhe disse:

— Homem enviado por Deus, sois o vingador do gênero humano, o libertador da minha pátria, o meu protetor! Esses monstros sagrados de que expurgastes a terra, eram meus senhores em nome do velho das sete montanhas: via-me obrigado a suportar o seu criminoso poderio. Meu povo me haveria abandonado se tentasse moderar sequer as suas abomináveis atrocidades. De hoje em diante eu respiro, reino, e a vós é que o devo.

---

1. Carlos III; seu ministro Aranda tinha combatido violentamente a Inquisição.

Em seguida beijou respeitosamente a mão de Formosante, e convidou-a a tomar o seu carro com Irla, a fênix e Amazan. Os dois palestins, banqueiros da corte, que ainda estavam no chão, prosternados de medo e de reconhecimento, se levantaram, e a tropa de unicórnios seguiu o rei da Bética ao seu palácio. Como a dignidade do rei de um povo grave exigisse que as mulas andassem devagar, Amazan e Formosante tiveram tempo para contar as suas aventuras. Ele conversou também com a fênix, admirou-a e beijou-a cem vezes.

O pássaro compreendeu quanto eram ignorantes, brutais e bárbaros os povos do ocidente que comiam os animais e não lhes entendiam mais a língua. Viu que somente os gangárides tinham conservado a primitiva dignidade e natureza do homem, e que os mais retrógrados espécimes humanos eram esses inquiridores anthropokaïes que Amazan expulsara dali. Não cessava de abençoá-lo e de lhe fazer agradecimentos.

A bela Formosante já tinha esquecido o caso da rapariga do negócio, e só trazia a alma cheia da coragem com que o seu herói lhe salvara a vida. Amazan, sabedor da inocência com que ela dera o beijo no faraó do Egito, e da ressurreição da fênix, gozava uma alegria pura e se sentia embriagado pelo mais violento amor.

Jantaram no palácio, e a comida não prestou para nada. Os cozinheiros da Bética eram os piores da Europa: Amazan aconselhou que mandassem buscar os da Gália. Os músicos do rei executaram, durante a refeição, aquela melodia célebre que, com o correr dos séculos, ficou sendo chamada "Loucuras da Espanha". Depois do repasto, falaram nos projetos de cada um. O rei perguntou ao belo Amazan, à linda Formosante e à maravilhosa fênix o que pretendiam fazer. Amazan respondeu:

— Quanto a mim, pretendo voltar para Babilônia, de cujo trono sou herdeiro presuntivo, e pedir a meu tio Belus a mão de minha prima segunda, a incomparável Formosante, a não ser que ela prefira viver comigo no país dos gangárides.

Disse a princesa:

— Minha vontade é, certamente, nunca mais me separar de meu primo segundo. Mas creio que será bom voltar para o rei meu pai, porquanto ele só me deu licença para ir até Bassorá, e percorri o mundo.

A fênix declarou:

— Eu seguirei por todas parte estes dois ternos e generosos amantes.

O rei da Bética falou:

— Tendes razão, mas voltar para Babilônia não é tão fácil quanto se pensa. Recebo notícias, diariamente desse país por intermédio dos navios tírios e dos meus banqueiros palestinos, que se correspondem com todos os povos da terra. Do Eufrates ao Nilo, está tudo em pé de guerra. O rei da Cítia reivindica os direitos de sua mulher à frente de trezentos mil guerreiros a cavalo. O rei do Egito e o rei das Índias também assolam as margens do Tigre e do Eufrates, cada qual com um exército de trezentos mil homens, para se vingarem das zombarias de que foram vítimas. Enquanto o faraó está fora da sua nação, o rei da Etiópia devasta o Egito com trezentos mil homens, e o rei de Babilônia só tem seiscentos mil soldados para se defender. Confesso-vos que, quando ouço falar nesses prodigiosos exércitos que o oriente vomita, na sua extraordinária magnificência, e os comparo aos nossos magros corpos de vinte e trinta mil soldados, que vestimos e alimentamos com dificuldade, me sinto inclinado a pensar que o oriente foi feito muito antes do que o ocidente. Parece que saímos anteontem do caos, e ontem da barbárie.

— Majestade, os últimos a entrar na carreira muitas vezes passam adiante dos mais antigos. No meu país dizem que o homem é originário das Índias, mas não estou bem certo disso.

O rei da Bética perguntou à fênix:

— Qual é a vossa opinião a este respeito?

— Sou muito jovem ainda para conhecer bem a antigüidade, vivo há apenas vinte e sete mil anos. Mas meu pai, que viveu cinco vezes esse tempo, me dizia que ouvira seu pai contar que as paragens do oriente haviam sido sempre mais populosas e ricas do que as outras. Sabia ele pelos seus antepassados que as gerações de todos os animais tinham começado às margens do Ganges. Pessoalmente, Majestade, não alimento a vaidade de ter essa opinião. Não posso crer que a raposa da Albion, as marmotas dos Alpes e os lobos da Gália sejam provenientes do meu país, como da mesma forma não acredito que os abetos e carvalhos destas regiões descendam dos coqueiros e palmeiras da Índia.

— Mas de onde viemos, então?

— Nada sei. Gostaria apenas de saber para onde poderão ir a bela princesa de Babilônia e o meu caro amigo Amazan.

— Duvido muito que ele possa, com apenas duzentos unicórnios, vencer tantos exércitos de trezentos mil homens.

Amazan disse:

— E por que não?

O rei da Bética compreendeu a sublimidade desse "por que não?", mas achou que o sublime não bastava para destroçar exércitos numerosos:

— Aconselho-vos a procurar o rei da Etiópia, com quem tenho relações por intermédio dos meus palestinos. Dar-vos-ei recomendações para ele: como é inimigo do rei do Egito, ficará contente por se ver fortificado com a vossa aliança. Posso auxiliar-vos com dois mil homens sóbrios e valentes. Se quiserdes, arranjareis outros tantos com os povos que ficam, ou melhor, que saltam ao pé dos Pirineus, e que se chamam bascos ou vasconços. Enviai um guerreiro com alguns diamantes: não haverá basco que fique no castelo, quer dizer, na choupana de seus pais: virão todos vos servir. São infatigáveis, corajosos, e amáveis, estou certo de que vos agradarão. Enquanto esperamos por eles, vamos oferecer-vos festas, e preparar os navios. Nunca poderei agradecer bastante o serviço que me prestastes.

Amazan desfrutava da felicidade de ter recuperado Formosante, e de saborear em paz todas as delícias do amor reconciliado, que equivalem quase às do amor nascente.

A tropa vigorosa e alegre dos vasconços não tardou a chegar, dançando ao compasso dos pandeiros: a tropa vigorosa e circunspeta dos béticos também estava pronta. O velho rei moreno beijou afetuosamente os amantes, mandou carregar os navios de armas, leitos, jogos de xadrez, capas negras, galinhas, carneiros, cebolas, farinha e bastante alho, desejando-lhes feliz travessia, amor constante e vitórias.

A frota ancorou na região onde se diz que, muitos séculos depois a fenícia Dido, irmã de Pigmalião, esposa de um tal Sicheu, tendo saído de Tiro, veio fundar a soberba cidade de Cartago cortando em tiras um couro de boi, conforme o testemunho dos mais compenetrados autores da Antigüidade, os quais jamais contavam fábulas, e de acordo com os professores que escrevem para as incautas crianças,[1] embora, apesar de tudo, nunca te-

1. Alusão a Larcher.

nha existido em Tiro qualquer pessoa com o nome de Pigmalião, ou de Dido, ou de Sicheu, que são vocábulos inteiramente gregos, e embora, afinal, não houvesse em Tiro rei de espécie nenhuma naquele tempo. A soberba Cartago ainda não era porto de mar, só viviam lá alguns númidas que punham peixes ao sol para secar. Bordejaram os Sirtes e as plagas férteis em que, mais tarde, existiu Cirene e a grande Chersoneso. Chegaram, afinal, à primeira embocadura do Nilo sagrado. Era na extremidade dessa terra fértil que o porto de Canopus já recebia os navios de todas as nações comerciantes, sem que se soubesse se o deus Canopus havia fundado o porto, ou se os habitantes tinham fabricado o deus, nem se a estrela Canopus havia dado o nome à cidade, ou se a cidade é que dera o seu à estrela. Tudo o que se sabia era que tanto a estrela quanto a cidade eram muito antigas, e é tudo o que se pode saber da origem das coisas, sejam elas desta ou daquela natureza.

 Foi lá que o rei da Etiópia, tendo devastado o Egito inteiro, viu desembarcar o invencível Amazan e a adorável Formosante. Pensou que ele fosse o deus dos combates e ela a deusa da Beleza. Amazan mostrou-lhe a carta de recomendação do rei da Bética. O rei da Etiópia, primeiramente, ofereceu festas admiráveis de acordo com o infalível costume dos tempos heróicos. Depois, combinaram exterminar os trezentos mil homens do faraó do Egito, os trezentos mil do imperador das Índias e os trezentos mil do grande cã da Cítia que faziam cerco à imensa, à orgulhosa, à sensual cidade de Babilônia.

 Os dois mil béticos trazidos por Amazan disseram que não precisariam do rei da Etiópia para socorrer Babilônia: bastava-lhes ter o seu rei ordenado que a libertassem: sentiam-se mais do que suficientes para essa expedição.

Os bascos afirmaram que já haviam realizado maiores proezas, que sozinhos venceriam os egípcios, os indianos e os citas, e que só iriam com os béticos se estes quisessem marchar na retaguarda.

Os duzentos gangárides riram-se da pretensão dos seus dois aliados e sustentaram que com apenas cem unicórnios poriam em fuga todos os reis da terra.

A bela Formosante acalmou-os prudentemente com palavras encantadoras. Amazan apresentou ao monarca negro os gangárides, os unicórnios, os béticos, os vasconços e o lindo pássaro.

Logo ficou tudo pronto para marcharem por Menfis, Heliópolis, Arsionoe, Petra, Artemita, Sora, e irem atacar os três reis, provocando aquela guerra memorável diante da qual todas as outras sustentadas mais tarde pelos homens não passaram de rinhas de galo.

Todos sabem como foi que o rei da Etiópia se apaixonou pela bela Formosante, e como a surpreendeu no leito quando um sono suave lhe cerrava as pálpebras. Estão bem lembrados de que Amazan, testemunha desse espetáculo, julgou ver o dia e a noite deitados juntos. Não ignoram que Amazan, indignado com essa afronta, desembainhou a *fulminante,* cortou a cabeça perversa do insolente negro e expulsou do Egito todos os etíopes. Pois não estão estes prodígios narrados no livro de crônicas do Egito? A fama já proclamou, pelas suas cem bocas, as vitórias que alcançou Amazan contra os três reis, auxiliado pelos guerreiros da Bética, pelos vasconços, pelos gangárides com seus unicórnios. Restituiu a bela Formosante ao pai e libertou todo o séqüito da sua amada, que o rei do Egito tinha escravizado. O grande cã dos citas se declarou vassalo, e o seu casamento com a princesa Aldéia foi confirmado. O invencível e generoso Amazan, herdeiro reconhecido do trono de Babilônia, entrou triunfalmente na cidade com a fênix, em presença de cem reis tributários. A festa do seu casamento ultrapassou em tudo a que Belus oferecera. No banquete, serviram o boi Ápis assadinho. O faraó do Egito e o xá das Índias deram de beber aos esposos, e as núpcias foram celebradas por quinhentos grandes poetas da Babilônia.

Oh! Musas, invocadas sempre no princípio das obras, eu vos imploro no fim. É em vão que me censuram de dizer "graças" sem haver dito "benedicte". Musas! Nem por isso deixareis de ser minhas protetoras: impedi que temerários continuadores estraguem com fábulas as verdades que ensinei aos mortais nesta fiel narrativa, como ousaram falsificar "Cândido"[1] "O Ingênuo" e as castas aventuras da casta Joana, que um ex-capuchinho desfigurou, com versos indignos dos capuchinhos, nas edições batavas. Não culpem disso o meu tipógrafo, responsável por enorme família, e que compra com dificuldade os tipos, a tinta e o papel.

Oh! Musas, imponde silêncio ao detestável Congé professor de tagarelice no colégio Mazarin, que não ficou satisfeito com os discursos moralizadores de Belisário e do imperador Justiniano e escreveu terríveis libelos difamatórios contra esses grandes homens!

Amordaçai o pedante Larcher, que, sem saber uma palavra do antigo babilônico, sem ter viajado, como eu, pelas margens do Eufrates e do Tigre, teve a impudicícia de sustentar que a bela Formosante, filha do maior rei do universo, e a princesa Aldéia, e todas as mulheres dessa respeitável corte, recebiam dinheiro de todos os

---

1. Alusão à "continuação" de *Cândido*, feita por Thorel de Champigneulles.

palafreneiros com que se deitavam no grande templo de Babilônia, por princípio de religião. Esse libertino, inimigo vosso e do pudor, acusa as belas egípcias de só terem amado bodes, alimentando com esse exemplo o secreto intuito de dar um giro pelo Egito, onde poderá desfrutar, afinal, de boas aventuras amorosas.

Como conhece menos ainda o moderno que o antigo, insinua, na esperança de meter-se com alguma velha, que a nossa incomparável Ninon de Lenclos, com oitenta anos de idade, se entregou ao abade Gédoin, da Academia Francesa. Ele nunca ouviu falar no Abade Châteauneauf que confunde com o abade Gédoin. Conhece tanto Ninon quanto as mulheres de Babilônia.

Musas, filhas do céu, vosso inimigo Larcher vai mais longe ainda, pois se derrama em elogios à pederastia, ousando afirmar que todos os meninos do meu país estão sujeitos a semelhante infâmia. Espera salvar-se aumentando o número dos culpados.

Nobres e castas musas, que detestais igualmente o pedantismo e pederastia, protegei-me contra esse Larcher!

E a vós, mestre Aliboron,[1] mais conhecido por Fréron, ex-pseudo-jesuíta, cujo Parnaso é ora no manicômio ora no botequim da esquina, vós a quem se prestou tanta justiça em todos os teatros da Europa na comédia "A Escocesa", a vós, digno filho do padre Desfontaines, nascido dos seus amores com um desses belos efebos que trazem, como o filho de Vênus, lança e venda, e que se alçam como ele pelos ares, embora não passem além da chaminé; a vós, mestre Aliboron, por quem tive sempre

---

1. Ignorante.

tanta ternura, e que me fizestes rir um mês em seguida na ocasião da "Escocesa", recomendo a minha princesa de Babilônia. Falai bem mal dela para que a leiam bastante. Não vos esquecerei aqui, gazeteiro eclesiástico, ilustre orador de convulsionários, sacerdote da Igreja fundada por Abraham Chaumeix e pelo abade Bécherand:[1] não deixeis de afirmar nas vossas folhas, tão piedosas quanto eloqüentes e sensatas, que a princesa de Babilônia é deísta, herética e atéia. Esforçai-vos principalmente para induzir o fulano Riballier a obter a condenação da princesa de Babilônia pela Sorbonne: proporcionareis enorme alegria ao meu livreiro, a quem ofertei esta pequena história como presente de ano-bom.

---

1. Ambos eram sujeitos a ataques, e pregavam o fanatismo.

A presente edição A PRINCESA DE BABILÔNIA de Voltaire é o Volume de número 4 da Coleção Excelsior. Capa Cláudio Martins. Impresso na Líthera Maciel Editora e Gráfica Ltda., à rua Simão Antônio 1.070 - Contagem, para a Editora Itatiaia, à Rua São Geraldo, 67 - Belo Horizonte - MG. No catálogo geral leva o número 00998/8B. ISBN. 85-319-0679-2.